約會大作戰 DATE A BULLET

赤黑新章 4

DATE A LIVE FRAGMENT DATE A BULLET 4

Kadokawa Fantastic Novels

「怎、怎麼這樣……！」
精靈——時崎狂三

「看光光！」
準精靈——緋衣響

『嗨～～然後慷慨赴死吧！』
叛亂軍首領——銃之崎烈美

「妳還是如此粗俗哩！」
第八領域支配者——絆王院華羽
Hod Dominion

「啊哈哈哈哈！
真～～好～～玩～～！」

「別亂揮煙火啦，真是的。」

「……好，讓狂三大吃一驚吧。」

約會大作戰
DATE A BULLET

赤黑新章

04

東出祐一郎
原案・監修：橘 公司

Kadokawa Fantastic Novels

彩頁／內文插畫　NOCO

殘酷無比的青春，
燦爛輝煌的青春，
令人泫然欲泣的青春。

約會大作戰
DATE A BULLET
赤黑新章 4

DATE A LIVE FRAGMENT 4

SpiritNo.3
AstralDress-NightmareType Weapon-ClockType[Zafkiel]

響悄悄從障礙物的隙縫窺視地堡。連續不斷、接二連三發射的7．92mm的子彈。既然待在哪裡情況都越來越糟，只好排除萬難突破帶刺鐵絲網了。

「準備筒型靈晶炸藥！」

響高聲吶喊；黑桃A予以回應：

『Yes, Ma'am！把筒型靈晶炸藥拿來！』

中士將後方準精靈遞上的好似細長曬衣竿的物體交給響。

響朝和自己同樣費盡心力才到達捷克刺蝟的各個人員打暗號。

「衝到鐵絲網下，同時爆破！」

「ＯＫ～～」「了解！」

響做了一次深呼吸，一把抹掉臉頰上沾滿的汗水和泥巴——

「前進！」

再次於人間煉獄中奔馳。耳邊傳來虎頭蜂振翅般的槍聲。距離短短十幾公尺的鐵絲網，卻如同全程馬拉松的終點般遙遠。

儘管如此，響總算還是抵達了鐵絲網下方。地堡的機關槍射不到這裡，這才好不容易有了喘息的餘地。

「聽好了，炸藥一點燃就立刻滾地遠離！待在附近會被爆風吹走！還有，記得張嘴大叫！要不然衝擊波會震破鼓膜！中士，點火！」

『叫撲克牌點火有點……』

「好吧，其他人去點～～！沒人啊，那我去！」

響點燃靈晶炸藥後迅速滾地遠離。周圍的人也接二連三朝鐵絲網投擲筒型靈晶炸藥。

剎那間，世界彷彿靜止了。

爆風捲帶大量塵土颳起，準精靈的哀號聲此起彼落。大多是哀號皮膚受了傷。

總之，鐵絲網被炸開，接下來只剩衝進要塞了。

「所有人，突————」

就在這時，響打住了話頭。因為她看見一名與這場合極為格格不入的少女坐在２０ｍｍ機關砲上，優雅地喝著紅茶。

旁邊的床頭櫃上放著老式長槍和短槍。

響不顧自己的頭盔歪了一邊，茫然地大喊：

「呀————！狂三————！」

「好了，投降吧，響和其他叛亂軍。」

時崎狂三放下紅茶，舉起短槍。

將槍口指向曾經的搭檔，緋衣響。

不過，關於第八領域的知識，她所知道的只有響告訴她的部分。

兩大勢力互相對抗，爭鬥的規模與第十領域Malchut不相上下，十分激烈。

可是怎麼比想像中的……狂三環顧四周，如此思忖。

「真是寧靜呢。」

簡直是寧靜無比。澄澈的藍天，高掛空中的白色積雨雲，周圍鬱鬱蔥蔥的草叢，平緩的山丘綿延不絕，蟬鳴唧唧。

……怎麼可能會有蟬呢？狂三歪了歪頭，邁開腳步。

不見響和凱若特的蹤影。岩薔薇可能是累了，在影子中悠閒地入眠。畢竟才剛經歷了一場激戰，這也無可厚非。

話說回來，雖然這身靈裝是自己引以為傲的戰袍，但是……感覺有點悶熱呢，尤其是腰部以下，裙子的部分充滿熱氣。

但是，時尚的打扮才是少女武裝和氣概。

總之先忽視悶熱，必須尋找緋衣響和凱若特·亞·珠也才行。

狂三本想飛上天空尋找，但如今她已精疲力盡，有點不堪負荷。必須先恢復之前浪費掉的時間——

「哎呀。」

遠方終於看見人工建築物。

看來第八領域的確有準精靈存在。既然如此，應該去那邊碰碰運氣才是。若是自己不在，她們勢必也會先尋找能會合的場所。

……可惜的是，時崎狂三的推測有些偏差。兩人的確是在四處尋找能會合的地方。

只是最後找到的是叛亂軍這一方，與時崎狂三打算前往的第八領域支配者絆王院處於對立。

◇

「聽好了！從現在起，我們必須成為精銳！我們將訓練妳們成為出類拔萃的精銳，成為輕易葬送絆王院士兵的鋼刃！」

緋衣響與魔鬼中士少女談話後，三分鐘便適應了現場。她身穿分配到的粗糙簡易靈裝，直立不動聆聽少女的演說，那副模樣活脫脫像個菜鳥二等兵。

魔鬼中士自稱銃之崎烈美。

這名字給人一種像假名或隨便亂取的感覺。不過，大概是有諸多原因吧。響決定不吐槽。

「Yes, Sir！」

順帶一提，凱若特・亞・珠也留下一句：「啊，不行。這裡不符合我的個性！再見！」便帶

「順便說一下，就類型而言，這叫作行軍歌，聽說穿插下流詞彙的大多被禁止了！」

「緋衣中士真是博學多聞呢！」

「哦～～」銃之崎一臉佩服地直點頭。

「話說，我晉升為中士沒關係嗎！」

「我是實力主義派的！」

「原來如此～～！」

自己不過是一邊出聲一邊跑就晉升到中士，在這裡出人頭地難不成是件十分簡單的事？響在內心暗自竊喜。

……雖然適應力極強，但轉頭就把當初的目的或目標拋到九霄雲外可說是緋衣響的缺點。

◇

「給我站住，來者何人！」

狂三抵達的地方是一座堅固的城堡。並非城下的市街，就只是被城牆包圍的巨大城堡。遭到門衛盤問的狂三報上自己的名字。

「我的名字是時崎狂三，想跟支配者打個招呼。」

「這座城正在打仗，禁止面見華羽大人。」

「哎呀、哎呀，正在打仗啊……是和誰打仗呢？」

「不干妳的事，快滾。」

……被人這麼說，當然要回嘴，否則就不是時崎狂三了。

「那就表示你們不要白女王的情報嘍。那我就打道回府，回到第九領域（Yesod）了。」

「什……等、等一下！」

搬出女王的名號果然十分管用。門衛連忙衝向城內，立刻與幾名手持無名天使的準精靈一同返回。

「妳能會見華羽大人。不過，要小心行動。」

「是的、是的。敝人光榮之至。」

狂三莞爾一笑，得以進城。她爬上陡峭的階梯，抵達主城後，動作流暢地坐到城主面前。

「……這麼一看，還真是長得一模一樣哩。」

第八領域的支配者露出高貴優雅的微笑，接受時崎狂三的來訪。

「沒有椅子嗎？」

「很遺憾，如妳所見，是純日式風格。」

狂三和她眼神交會。眼前這名美少女留著一頭黑長髮，身穿令人想質問她不熱嗎的和服。與

給人柔和印象的瑞葉恰恰相反，雖然溫和卻散發出利刃般的氣息。的確，說她是瑞葉的姊姊，著實令人信服。

「妳是瑞葉的姊姊……對吧？」

「……是的，沒錯。我名為絆王院華羽，請多指教。」

「為了前往第一領域（Kether），希望妳打開通往下個領域的門，可以嗎？」

聽見狂三的要求，華羽搖頭拒絕道：

「不行、不行。現在正在打仗，有些手忙腳亂的，必須等戰亂平息下來才行。況且，我能打開的只有第七領域（Netsah）哩。」

果不其然，華羽拒絕了狂三的要求。不過就某種意義來說，這也是預料之中的事。何況自己也沒想過能立刻前往第一領域。

「那麼，我的第二個要求是希望妳幫忙找名叫緋衣響和凱若特·亞·珠也的兩名準精靈。」

「凱若特·亞·珠也……我記得她原本是第三領域的支配者唄？」

「沒錯，妳見過她？」

「是的，見過。別看我這樣，我可是資深得很哩。」

聽她這麼一提，狂三這才想起凱若特曾經當過支配者。

「妳就這麼想到第一領域去嗎？沒有在這裡悠閒過日子的意思？」

「沒有呢。我沒有餘力休息。」
「真是遺憾吶。這裡舒適得就像天堂一樣。」
「話說，關於門的事……」
「就如同我剛才說的，戰爭中不能把門打開。要是讓對方逃了，還怎麼定勝負？所以……我要妳一起打完這場仗，就當作是打開門的條件，如何？」
狂三端正坐姿，再次望向華羽，表示願聞其詳。
「……能否進一步說明詳情？」
華羽點頭說道：
「這個第八領域有兩大勢力在相爭。我們是絆王院，算是支配者方，而另一方則是銃之崎烈美。她經常企圖以下犯上……說起來，就是叛亂軍。」
「原來是同根相煎，起內鬨啊。真是有意思呢。」
「那麼，我教妳我們的戰爭方式。聽好了，首先武器是這個。」
華羽遞給狂三一把玩具般色彩鮮豔的手槍。
「然後，標靶是這個。」
華羽手上拿著類似撈金魚紙網的東西。
「簡直就像水槍一樣呢……」

狂三說著扣下扳機。結果令人吃驚的是，竟然噴出水來。

「噴出水來了呢。」

「只要射中標靶就贏了。」

「原來如此，妳是在看扁我嗎？」

狂三怒目而視，華羽卻氣定神閒，緩緩搖了搖頭。

「沒有的事。殺人啊，見血什麼的，可怕死了。所以，用這水槍就不會有人受傷了。」

「……咦，真的要用這個打仗嗎？」

「是啊，說實在的，這就像是個活動一樣。雖然會有大量的人受傷，卻不會有人死亡。就是這類的活動……對方也知道這一點。」

「……既然如此，就不需要我幫忙了吧？」

華羽面帶微笑，左右擺動她手上的扇子，表示否定。

「雖說是活動，但尚未定勝負。要是我們輸了，這座絆王院城可就要變成銃之崎城了。所以，請務必助我一臂之力。」

華羽低頭請求……對方已說直到這場活動結束前都不會開門，即使拒絕了也無可奈何。

「那我就……答應吧。」

「啊，妳的天使……叫什麼名字？」

「〈刻刻帝〉，怎麼了嗎？」

「也不能使用它。想使用的話，就必須改良成不殺人性命的。」

「什麼～～……」

「總不可能開了槍卻不傷人吧？」

「可以啊。」

「不行。」

真是說也說不通。不過，狂三並未妥協。自己的子彈擅長殺人，但更擅長停止對方動作這類的不殺之技。

「那麼，把〈刻刻帝〉改良成水槍，這樣如何？」

聽見華羽的提議，狂三露出「真的假的？」的神情。

「……這樣就能開槍了吧？」

「可以。儘管開吧。」

狂三嘆息道：「只好這樣了。」改造〈刻刻帝〉為的不是加強威力，而是減低威力，實在不是什麼好事。

「……啊，這樣的話，我這身靈裝也能想想辦法嗎？」

「我介紹一家優質的裁縫店給妳。」

狂三決定與在第九領域訂做運動服靈裝一樣，縫製一件新靈裝。既然是不死之戰，只要別太標新立異，什麼都能穿吧。

但季節是夏天。

穿清涼一點的服裝比較好吧。沒錯，比如——

◇

響一邊跑一邊想著：天空好高啊。她肩上扛著的，是老式名槍Ｍ１加蘭德步槍。由木與鐵製成的步槍沉甸甸的。

蟬鳴刺耳，天氣酷熱。不過，熱得有些舒爽。一想到跑完後用毛巾擦式滴滴答答直流的汗水那種爽快感，倒也不壞。

「呼！呼！呼！呼……」

『是……是……是也！是也……』

「黑桃Ａ，妳還好嗎？」

『哈哈哈哈哈，在下還好，不過是有點憎恨逃跑的三人和主人而已。』

身為撲克牌的她若是側著身跑，問題倒不大；但若是正面朝前跑，不但風阻大，步伐也小，

因此必須比別人多付出三倍的勞力。

『另外，讓平面的在下拿槍，實在是太強人所難了！』

撲克牌的肩膀——應該說是兩角上綁著攀膊，讓黑桃A也攜帶步槍。她並非不會使槍，只是她原本是舞刀弄劍的，因此心懷遺憾。

「這個嘛，就是全民皆兵，全體用槍的制度嘛。」

『因為這樣，感覺只有在下動作慢了！嗚哇～～照這個速度，在下肯定直奔傻子派爾那樣的下場！』

「別擔心，跟著我跑！我不會讓妳被人用毛巾包肥皂爆打一頓的！」

『唔……在下深深感受到準精靈的情義……！若不是在下有主，早就發誓效忠於妳了！那在下起誓成為妳的結拜姊妹，如何是也！』

「妹妹！我想要妹妹！我要向狂三炫耀！」

響的願望還真是直截了當。

『那在下就當妹妹！義姊大人！』

「稱呼我為姊姊如何！」

『不，這一點在下絕不退讓是也。』

「嗯～～好吧！那麼義妹啊！跟隨姊姊吧！」

兩人就如此奇妙地結拜為義姊妹。順帶一提，響理所當然地晉升軍階，明明沒有實戰經驗卻已成了中尉。

「中尉大人！全體集合！」

「了解。全體整隊！好了，黑桃妹妹也入隊吧。」

唯獨一人占的寬度莫名地特別寬，但響決定不去在意。儘管有許多同伴逃跑，但留下的準精靈更多。

「敬忠！」

響不太清楚該怎麼帶兵，就先大喊了一句隨便想到的軍事用語。結果，準精靈們大概也看氣氛來判斷，自然而然便敬了禮。

「呃～～咳咳。三天後，我們將橫越位於第八領域中心的大海，攻打絆王院城！」

士兵們騷動不已。

「不過，我們可說早已是以一敵千也不為過！我們背負著銃之崎之名，以團結一致、一石二鳥、和尚端湯上塔的精神，努力奮戰吧！」

「喔、喔～～！」

「大聲一點！」

「喔～～！！！」

「再來一次！」

「喔～～～～～～！！！」　＼是也～～／

「很好！來吧，今天也開開心心地訓練吧！確認！」

「武裝完畢！」「武裝完畢！」「我不擅長用水槍～～」

「靈裝ＯＫ！」「靈裝ＯＫ！」「欸～～我的泳衣布料好像有點少耶。」

「啟程出發！」「全速前進！」「全力疾走！」「走？我想想喔，走為上策。」「誰教妳玩文字接龍的？」

經過一段冗長的對話後，她們今天依然邁步奔馳。

「唔～～感覺好像在做什麼社團活動一樣呢。」

『社團活動？是指ＪＫ還是ＪＣ勤奮在做的那種事嗎是也？』

「為什麼被妳說得那麼不可告人的樣子啊，黑桃Ａ？」

『讓您見笑了。因為在下跟那種事沒什麼緣分。』

魔鬼中士（階級為上將）銃之崎烈美率領的軍隊共五百名（包含ＮＰＣ），而絆王院軍總共七百名（同樣包含ＮＰＣ）。既然人數不敵，只好發動奇襲。

第八領域與其他領域不同，一片巨大的海洋將其分隔成兩塊陸地。叛亂軍的陸地較小，因此可說人口較為擁擠。

銃之崎這方認為絆王院那方是一群生活在豐饒土地上無憂無慮的傢伙；而絆王院這方則是認為銃之崎那方都是些愛雞蛋裡挑骨頭的狂妄準精靈。

但沒有撕破臉，從她們的裝扮便可見一斑。

水槍、泳裝，以及身上某處戴著紙靶。

沒錯，準精靈全都穿著泳裝。

「身體不斷晃動，避免紙靶被射中！」

所以訓練也是這種感覺。響直立不動注視著士兵們訓練（自己不知不覺竟成了帶兵的那一方，但她決定不探討原因，反正也見怪不怪了），一個勁地思考「晃動、不晃動、晃動、晃動、不晃動……」這種周圍的準精靈聽到大概會皺起眉頭的事情。

『您是不是在想些無聊的事情啊，中尉大人？』

「不、不，完全沒那回事，中士。」

『……姑且不論這件事，話說，有狂三大人的消息了嗎？』

「我私下調查過了，這邊的軍隊沒看見。」

不過，這也是理所當然的事。可以想像若是她加入了這種軍隊，早就一秒反叛叛亂軍，讓銃之崎上將下場悽慘無比。反過來說，因為沒有發生這種事，就表示她不在這裡吧。

……如此一來——

『那麼……肯定是在第八領域流浪吧是也～～！』

「我想也是～～！」

兩人笑了笑，完全不去正視另一種可能性。

光想像就駭人不已——時崎狂三走向絆王院那方，最後與絆王院華羽攜手合作。

不，怎麼可能發生這種事情嘛。絕對、應該、肯定不可能啦。

◇

然而偏偏就事與願違。

「原來如此、原來如此。換上泳裝，然後讓對方挑戰各種遊樂設施啊。」

如今狂三已完全成了絆王院城的食客。由於華羽的部下把她照顧得無微不至，豐衣足食，讓她想走也走不了。

兩人現在正望著位於城內的一座廣大庭園，啜飲著紅茶。華羽悶悶不樂地表示她比較喜歡喝綠茶，似乎沒喝過紅茶便擅自認定它不好喝，在紅茶裡加了一大堆奶精和砂糖後才甘心品嚐。

「就是這樣～～讓渡海而來的叛亂軍通過一個又一個我們辛苦製作的遊樂設施，最後再與我決戰。」

「……真是和平啊。」

狂三對於這溫和毫無殺戮的戰爭方式坦率地表示傻眼。不過，華羽只是露出悠閒的笑容，呢喃道：

「本來是這樣啦。現在完全沒在製作遊樂設施了，因為敵軍在沙灘就幾乎全軍覆沒了。」

「不會死對吧？」

「除非發生什麼重大事故，否則不會死的。」

「哎呀，莫非有時也會死人嗎？」

「偶爾會因為無銘天使造成的事故而死人。還有……常見的那個，空無。」

噢——狂三表示理解。

虛無、空洞，化為空無。只有這件事是無可奈何的。

「那還是很和平呢。不像第十領域，腥風血雨。」

「打打殺殺的戰爭交給第十領域和第五領域（Geburah）就好，我們選擇和平，和平第一。」

「……妳知道什麼關於第五領域的事嗎？」

「我好歹也是支配者，還是會具備一些其他領域的知識。」

「方便的話，可以告訴我嗎？我的最終目的是前往第一領域，但要抵達第一領域，似乎必須經過許多領域才行。」

絆王院華羽以扇子遮掩嘴角，嘻嘻嗤笑。

「……哎，反正很閒，我就詳盡地為妳說明唄。」

華羽收起扇子，在空中快速地畫起某種圖形。

「這是……」

「將各領域淺顯易懂地畫成圖形。」

「出發地點是第十領域，其次是第九領域，然後現在是第八領域……」

「這樣看來，似乎可以抄捷徑呢。」

「是啊，只要前往第六領域（Tiphareth），至少可以抵達第一領域的門……不過應該行不通？」

「為什麼？」

「正如妳所看到的，上了鎖。」

「哦～～上了鎖啊……」

門施加了嚴密的封印，必須獲得支配者的同意才能解除。

「以前通過第十領域的門時，是響偷偷帶我通過的。」

「不行、不行。不是每個領域都像第十領域那樣防護鬆散。這裡雖然能自由進出第七領域與第九領域，但對第五領域、第六領域和第十領域都是雙方大門深鎖，嚴加管理中。」

「是這樣嗎？難道也是因為白女王？」

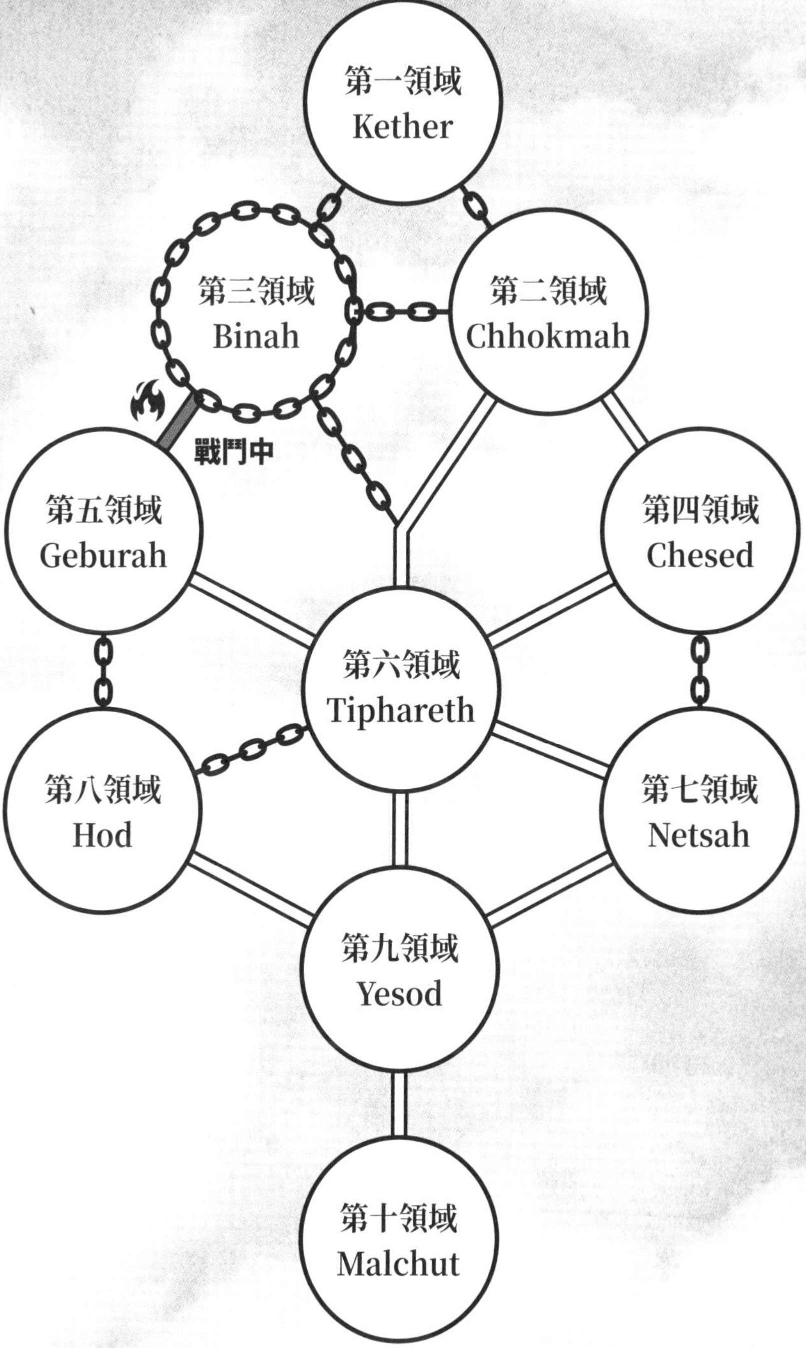
第一領域
Kether
第三領域
Binah
第二領域
Chhokmah
戰鬥中
第五領域
Geburah
第四領域
Chesed
第六領域
Tiphareth
第八領域
Hod
第七領域
Netsah
第九領域
Yesod
第十領域
Malchut

「那是當然的呀。」

華羽聳了聳肩。

「我們支配者碰見了白女王……她實在是太可怕了，簡直是怪物、妖怪，準精靈根本對抗不了她。」

「我可是戰勝她了喲。」

「……據說妳是四處逃竄才報了一箭之仇？」

「事實聽起來就是令人火大啊……！」

「喔喔，真是嚇死人、嚇死人了哩。」

華羽搧了搧扇子，開玩笑地說道。

「不過聽妳這麼一說，第三領域也有路徑潛入我們第八領域嘍。真是多謝妳的情報哩。」

她那口似是而非的關西腔，語調奇妙又悅耳的說話方式，狂三是左耳進，右耳出，並未放在心上。

「只收到感謝，我可一點也不開心呢。」

「也是，除了通往第七領域的門以外。對了，響和凱若特小姐似乎在敵軍那邊，所以妳就放棄吧。」

「除了這兩件事以外的話……嗯，我想想。讓妳從我方的所有準精靈身上吸取一點時間，倒是無妨。」

華羽頓時停下手中的扇子，稍微盤算了一下。

「嗯～～馬上就要開戰了，還請妳別吸到士兵們倒下。不過，如果是我，妳就算吸到我死也無所謂喲。」

——這句話完全出乎意料。

「……呃，妳剛才……」

華羽悄聲，像是呢喃祕密般說道：

「『如果是我，妳就算吸到我死也無所謂喲』。」

夏天的陽光，乾燥的空氣，蟬鳴聲。

毒辣的日光猶如生命的咆哮。

所以，華羽說的「吸到死」這句話令狂三掛心到莫名的程度。

「……妳這玩笑話可真低俗呢。」

吐出這種無聊的回應可是花了狂三不少時間。

華羽輕聲竊笑。

「是啊，是低俗的笑話。」

啪一聲，華羽闔上了扇子，站起身來，慢步走在鋪滿礫石的庭園中。

「……我會跟後方支援的孩子們知會一聲。時間越多，妳的力量就越強唄？」

「是的，沒錯。」

狂三進行戰鬥需要三種燃料。

影子、靈力，以及時間。影子就好比裝填進〈刻刻帝〉的無限子彈，同時用來作為讓分身待命的空間（當然，只要有光存在，影子便不會消失）。靈力是建構天使和靈裝，維持其存在必須的要素。而作戰消耗最多的必要之物便是「時間」，為了使用〈刻刻帝〉的能力。

……如此思考過後，以此換取超群的戰鬥能力，付出的代價也不小。

只要在鄰界，儲存靈力的方式有千百種，甚至能像第九領域那樣靠唱歌來補充靈力。

不過，「時間」若不刻意補充，便不會像打怪完掉物品那樣等著妳去撿拾。必須使用〈食時之城〉──從生物（包含準精靈）身上吸取「時間」的能力來補充，否則每次戰鬥完便會無限大量地消耗。

當然，也能像第三領域那樣恢復時間……不過，那是因為領域中有與狂三相同靈屬，擁有同型能力的白女王存在，實屬例外。

況且這個鄰界的「時間」概念非常模糊。好比第十領域，白晝與黑夜僅是略微有些區隔。生物則是除了準精靈以外皆不存在，硬要說的話，頂多只是產生出ＮＰＣ和聊天機器人這類東西。

「我說，華羽小姐。」

狂三暫時停止思考，呼喚佇立在陽焰熱氣彼方的少女。

「這個鄰界，究竟是什麼呢？」

時間概念模糊，只要有靈力便能產生任何物質，然而卻不是現實，而是有些朦朧的世界。

就宛如——

「誰知道呢？就像天堂一樣唄。」

緋王院華羽聲音輕柔地告知。她的答案與狂三所想的一模一樣。

這個鄰界，是天堂，是地獄，是樂園……

「……？」

或許是因為熱氣蒸騰，狂三突然覺得華羽的身影變得歪斜扭曲。

「怎麼了？」

「……沒什麼。那麼，我去散個步，順便從後方支援的準精靈身上吸取『時間』。」

「請加油。」

狂三腳一蹬，飛上天空。華羽目送狂三，輕輕觸摸自己的手臂。

炎炎烈日下，她卻如冰一般冰冷。

「不妙呀。果然是白女王害的嗎？或者只是我壞掉了而已？」

她仰望天空。

刺眼的光好似要灼燒眼球。不過，多麼可愛呀。

這座城堡、那片天空、蟬鳴聲，甚至是茂密的森林，全都是自己這群人建構而成的。一想到這裡，就覺得既難為情又引以為傲。

「『光是活著就謝天謝地了呢』……」

思緒飄向遙遠的過去。

自己這樣活著已經幾年了呢？

還是說，只有幾個月？

所有人對時間的概念都非常模糊。即使有回憶，也不存在時間的尺度。

絆王院華羽只是隱約覺得自己算是活得久的了吧。

「華羽大人。」

佐賀繰唯悄悄接近。

「嗯？」

從第七領域借來的唯嚴格來說並不是準精靈。她或許可說是這個鄰界唯一屬於準精靈以外的生命體吧。

佐賀繰唯是機關人偶工藝品。

她具備諜報、破壞工作或暗殺等身為女忍者必要的所有機能。不過，說到底還是第七領域支配者佐賀繰由梨所製作的東西，不知何時會倒戈背叛，趁自己入睡時取自己首級。

……若是這麼說，由梨肯定會鬧彆扭地說：「我才不會做出那種瑕疵品呢。」

「您的妹妹，瑞葉大人……想要見您……」

聽見唯說的話，華羽原本柔和的表情頓時一沉。

「我不想見她。我上次說過了吧？」

「是的。可是——」

華羽揮了一下扇子，令還想繼續說下去的她閉嘴。

「我不想見她。」

華羽心想對話到此結束便打算離去。此時，她的背後傳來聲音：

「……瑞葉大人說，那她就自己去見您。」

「什麼？」

華羽停下腳步，轉過頭。

「她說現在第九領域的情勢穩定，輝俐璃音夢大人也在，自己暫時離開沒有問題。她會擅自到這裡來，擅自在這裡逗留。」

「……是輝俐出的餿主意吧……」

與其說主意，不如說是野生的第六感吧。

「那就隨便她。反正我不會見她。」

「……為何如此堅決……」

唯一臉悲傷地皺起眉頭。瞬間，一股衝動湧上喉嚨，被她硬是壓了回去。

華羽啪一聲闔上扇子，冷淡地低喃：

「我沒必要告訴妳。」

說得沒錯。唯靜靜俯首，簡短回應後便逃也似的離開現場。

……對她有點太凶了哩。華羽如此心想。

她一點錯都沒有，反倒為了有助於自己而赴湯蹈火，就連第十領域的廝殺也在明知可能無法生還的情況下欣然參加。

把她叫回來唄——華羽心裡這麼想，卻發不出聲。

「這種事根本無關緊要吧」——腦中突然浮現這句有如啟示的語句。

因此她決定噤口不語。

「啊啊——結果我還是一成不變呀。」

華羽吐出這句像是放棄什麼似的話語，踏響白色的礫石離開。

◇

「多謝款待。」

「請問……剛才發生了什麼事？」

擔任後方支援的準精靈們茫然若失地問道。所幸人數眾多，因此不需要吸取令人留下極度疲勞的「時間」。

所有人充其量只會感到比平常稍微疲累的程度罷了。

「沒事呀。那麼，再見嘍。請繼續支援。」

狂三如此說完便快步離去。

穿過城門不久後有一座略顯近代的碉堡，應該算是要塞。若說剛才的城塞是第八領域的象徵——華羽的居住地，那麼這座要塞就是前線的樞紐。

要塞的前方是沙灘和大海。沙灘放眼望去，全圍繞著帶刺鐵絲網。狂三隱約心想：這地形似曾相識呢。

不過以她過往的記憶，應該並未到訪過這種場所……無奈她幾乎失去了現實世界的記憶，因此思考這種事情也毫無意義。

那麼，若是要她聯想老電影，她肯定靈光一閃。

啊，這是奧馬哈海灘。

總之，戰爭尚未開打，因此狂三在要塞散步並打算在沙灘上放鬆一下而邁開步伐。

若說剛才的絆王院城是優雅的化身，那麼這邊便是粗魯的化身。

「彈藥，拿彈藥來！」

有人如此大喊，予以回應的人拿著塑膠桶四處奔走。大概是感受到戰爭即將開打了吧。儘管不會喪命，但這種殺氣騰騰的感覺倒不錯。

仔細想想，這場戰役也是攸關她們是否得離開住慣了的絆王院城。雖說次次擊退敵軍，但內心依然會感到侷促不安吧。

路途中，狂三心想難得有這個機會，不如從高山部分俯視要塞而改變目的地。

「哎呀？」

於是遇見了似乎正在訓練的偵察兵團。基本上，大概也受到了華羽悠哉的個性影響，絆王院方的士兵隱約給人一種溫和穩重的印象，然而她們俐落的步伐和嚴肅的表情顯然與既定的印象截然不同。

「……」

沉默。疑似隊長的準精靈以銳利如剃刀的目光瞪著狂三。狂三露出苦笑，打算向對方說明自己是絆王院華羽的食客。

「不好意思，我是——」

話才說到這裡，對方迅速舉起的手臂表示廢話少說。

而且問題在於她們所持的無銘天使怎麼看都不是水槍，而是附有殺傷機能的武器……！

「哎呀。」

換句話說，她們並非絆王院軍，而是叛亂軍嘍。狂三歪頭暗忖：這可就傷腦筋了呢。因為自己的武器現在也附有殺傷機能。他們肯定是在戰爭尚未開打前來偵察敵情的吧。

然而卻碰到攜帶武器的自己，只好反射性地舉起武器。

要是能拿捏好分寸就好了——她嘆了一口氣，並且朝自己射擊【一之彈】，凌空躍起，以兩腳踹向疑似隊長的準精靈。

一記漂亮得有如藝術的飛踢。

其他準精靈發出驚愕聲，僵在原地。狂三不予理會，單手舉起暈厥過去的隊長，當作武器投擲出去。

「岩薔薇，記得手下留情。」

「我知道啦。是的、是的，我當然會手下留情。」

冒出這句話的同時，狂三的影子扭曲歪斜，隨後偵察兵團的腳下出現一雙白皙的手臂。

「看我的！」

這句可愛的吆喝聲一響起，準精靈便被猛力地拉倒……看來是被影子冒出的兩隻手握住腳踝，一把拉倒在地。

「呀噗！」

摔了個狗吃屎。又一人暈死過去。其他準精靈見狀，連忙確認自己的腳下——這次，狂三再次使出後旋踢、倒旋踢、前翻踢等連環踢。

狂三用手輕拂裙上的塵埃時，所有人不是昏倒就是發出低吟，動彈不得。

「……我該不會下手過重了吧？」

「但若是在此時手下留情，受傷的會是我們呢。」

岩薔薇指摘得對。要是在這裡傷害到某一方，可就不是戰爭遊戲能擺平的了。

「……那麼，要不要把她們送回去，順便去叛亂軍那邊打聲招呼？」

「可以這麼做嗎？」

「我被當作食客看待，加上戰爭即將開打……應該也不會有這種事吧。」

「戰爭隨時會因為一發子彈而爆發喲～」

岩薔薇指摘得有道理，但可以的話，狂三也想會一會叛亂軍。

雖然推測響和凱若特在叛亂軍那一方，但萬一有可能不在呢？況且，若是她們想要脫身，也可以幫助她們。

「……嗯，原來如此。」

岩薔薇頷首認同，卻面有難色。

「怎麼了？」

「沒事，確實有必要確認緋衣小姐是否在敵軍，如果能幫助她脫逃就幫助也沒錯。只是，還有另一種可能發生的結果，『我』似乎沒有料想到……」

「？」

狂三歪頭表示疑惑。岩薔薇朝她低喃：「……算了，也罷。」將昏厥的準精靈們一一扔進影子裡。

「總之，等到了對岸再放了她們。」

狂三先返回要塞，要求橡皮艇以渡海前往對岸。

儘管狂三的食客身分眾所皆知，但渡海到對岸還是有所顧慮，因此絆王院方遲遲不肯答應，直到狂三說明自己並非去挑起戰爭才勉強獲得允許。

「那麼，我出發了。」

「一路順風……」

被狂三說服的準精靈朝狂三敬禮。

「我走了～～」

狂三一派輕鬆地回答後便發動橡皮艇的引擎。

「話說回來，出海後穿著這身衣服就會更熱，也該來換衣服了。」

「啊，我也想要穿泳裝。」

「那麼，最好也幫我認為差不多該召喚的另一名時崎狂三準備準備……」

◇

「跑起來！跑、跑，快跑！戰爭最注重持久力！」

「Yes, Sir！」

「撐下去！順利跑完的話，我請吃可麗餅！」

「耶～～響隊長萬歲！」

「啊哈哈，討厭啦說這什麼中肯的話！」

『您還是一樣，論厚臉皮是天下第一呢是也……總之，大家快跑！要是比平面的在下跑得還慢，可是反而要受罰的喔是也！』

「黑桃A中士真是個魔鬼～～！」

『魔鬼又怎樣，反正在下是撲克牌嘛！』

響正在訓練的軍隊訓練有素，在訓練中淘汰的人數也壓低到最少，受到上將銃之崎的稱讚，更是平步青雲。

如今緋衣響已是少校，率領四十名以上的士兵。

「呼～～讓我想起了以前以響P的身分打造偶像的時代呢……」

『您還真是什麼都幹呢是也……』

當然，就算出人頭地，響也不會把準精靈士兵當成棋子對待。

與士兵一個一個溝通，將心比心，予以同意、肯定、建議、指引。

四十名士兵因此士氣大振、意氣軒昂。如今不只大隊，也是其他隊憧憬的對象。

「話說，今天終於要那個了呢，黑桃A。」

『喔喔，您是說泳裝嗎是也！』

「響少校喜歡什麼樣的泳裝呢～～？」

「可愛型？清純型？性感型？形象影片型？」

「姑且不論最後一個類型，基本上我想選清純型～～畢竟我整個人就是清純的化身啊！」

響說完，士兵們紛紛表示認同。

『在下猜想這裡應該是希望大家吐槽，沒錯吧是也。』

「唔唔。黑桃A洞察人心的能力真是令我感動萬分啊……」

打造偶像時也是這樣，不知為何，只要自己得意忘形起來，似乎就能獲得周遭人的尊敬。

本以為是什麼特殊能力，或許只是自己的特性吧。

「那麼，今天就此解散！馬上就要開戰了，一起加油吧～～！」

「嘿、嘿、喔～～！」

四十人跟著自己高舉拳頭的場面真是值得一見啊。

……事情就是這樣。換句話說，緋衣響十分享受身為叛亂軍的生活。

十分享受。

那麼，問題來了。確認緋衣響平安無事，又憂心她從軍擔任如此苛刻職業的少女，其怒火又會呈多少反比呢？

「……哦～～」

少女口中發出令人毛骨悚然的聲音。

戰爭時，所有人當然必須換上泳衣，但二等兵、一等兵的泳裝一律統一。是深藍色，看起來有些庸俗，一點也不華麗的泳裝。

不過，若是到達指揮軍隊的階級就能自由選擇泳裝。這就是上級軍官的特權。

少尉以上的準精靈們看著泳裝模特兒，七嘴八舌、挑三揀四地調整靈裝。

「呵呵，呵呵呵，黑桃Ａ，是泳裝耶，泳裝！」

『真是漂亮呢是也～～……呃，在下也能挑選嗎？』

「那是當然的呀，因為我們是上級軍官啊！」

『不過，在下是中士，應該必須跟士兵統一是也，響少校……更正，是義姊大人。』

「那似乎可以利用長官特權解決喲。通過地獄訓練的同志啊，來挑選可愛的泳裝吧！」

黑桃Ａ開始認真思考起該挑選什麼款式。

「我要怎麼搭配呢～～以白色為主，下半身再搭上藍色的沙龍裙好了～～♪」

響與黑桃Ａ興奮不已地挑選泳裝。這段期間，把響當作姊姊崇拜的士兵們老是向她攀談，響則是笑容可掬地回應她們。

……有一人在她背後對她投以銳利的視線。

「哦～～哦～～哦～～～～……」

原來如此。

看來已經完全融入敵方陣營了。

「那、那個～～……聽說可以拜見銃之崎大人了。」

狂三背後傳來一道聲音。狂三順利飄洋過海後，立刻向一名當地站哨的少女說明來意。

那名準精靈看見從影子裡被放出來的隊長，確認她的確是叛亂軍的一員後，便通報銃之崎。

當然，對方告知狂三通報期間請在原地等候，但狂三豈會乖乖遵守。

她與岩薔薇一起隨意地到處看叛亂軍的據點。

……該怎麼說呢？氣氛就像運動會與校慶混雜在一起的學校一樣。比如說，有一群穿著運動服練跑的士兵，旁邊則有吵吵鬧鬧在挑選泳衣的少女。

「馬上就要開戰了吧～～」「為了不一下子就被淘汰，必須好好努力才行！」「欸～～妳覺得哪一件泳衣比較好？」「戰略已經牢記在心了嗎？」

等等。

與忙著準備的絆王院城比起來，感覺特別快樂。

……在自己擔心得四處尋找她時，肯定也愉快得很吧。

「我、我說～～……」

準精靈再次出聲攀談。

終於回頭的狂三露出初次見面也會嚇得退避三舍，充滿魄力的笑容回應：

「好的，我這就過去。」

而岩薔薇早已逃到影子中避難，似乎極力避免攤上麻煩事。

一走進營帳，看著地圖擬定戰略的銃之崎烈美便回過頭詢問：

「妳就是絆王院的食客？」

「是的，沒錯。總之，先把這個還給妳吧。」

像扔球一樣從影子裡接二連三扔出好幾個人，堆放在營帳中。

目睹這粗暴的對待方式以及從影子中把人扔出的奇特現象，周遭怎麼可能不引起騷動。

銃之崎瞥了她們一眼。

「她們真的潛入敵營了嗎？」

「而且還不分青紅皂白地把槍指向我。是打算開始廝殺嗎？」

銃之崎沉默不語，用手指輕輕彈了一下昏倒的隊長的眉心。

「……！」

隊長坐起身子，左顧右盼掌握狀況後，立刻臉色發青。

「妳是打算跟絆王院方廝殺嗎？」

「不、不是的！絕對沒有！」

隊長連忙搖頭否認。

「那麼，那把槍是怎麼回事？」

「這、這是……習性使然，不小心就……沒有要使用的意思……」

「妳說的是真的〜？」

狂三插嘴質問。

「——回答我，藤堂少尉，妳真的打算跟緋王院廝殺嗎？」

現場的氣氛立刻一百八十度大轉變。

沉重得連狂三也噤口不語。銃之崎烈美似乎真的動怒了。不過，藤堂不服氣地低喃：

「……可是，本來就是要廝殺的啊。」

「不是廝殺，是戰爭。」

「『戰爭就是廝殺』！」

「在我們的世界不是！」

銃之崎反駁藤堂。原本暈厥的隊員也一一甦醒，掌握狀況，握起槍威嚇圍觀的準精靈。

「互相傷害只會加速像第十領域那樣的毀滅。想戰勝的念頭固然重要，但不能殺人！」

被喚為藤堂的準精靈咂了咂嘴。

她站起來後，依然無法心悅誠服地以銳利的眼神瞪視銃之崎。

「——您太天真了。就是因為這樣，才會一直吃敗仗吧。」

銃之崎渾身顫抖，眼眶泛淚。藤堂看見她這種表情後，臉上浮現輕微的鄙視。

周圍的準精靈面露慍色。大概是察覺到這一點，藤堂也重新握緊無銘天使——槍械。

一觸即發的氣氛令狂三無奈地嘀咕：

「……去第十領域不就好了嗎？」

——言之有理。

若是真心想來場真正的廝殺——

只要去第十領域，就能盡情廝殺。

「那裡聚集了各種瘋狂的準精靈。是的，我也曾被捲入其中。」

爾虞我詐也是一技之長，互扯後腿，互相殘殺。一群專門戰鬥，非比尋常的準精靈。

……當然，準精靈對於死亡的概念十分淡薄，輕而易舉就能殺人這一點也占了很大的因素。殺了就會化為光粒消失，簡直是電玩世界。

不過即使如此，跟第十領域比起來還是天差地別。

所以若是想要廝殺——

去那個領域就好。

「這個嘛——」

藤堂突然語無倫次。

「哎呀、哎呀。莫非，我是說莫非喲。不、不，我想不可能是這樣。莫、非……是不敢去第十領域？」

剛才藤堂的鄙視與這酸人的濃度相比，簡直是小巫見大巫。

藤堂惱羞成怒，打算撲上去的瞬間，狂三亮出〈刻刻帝〉指向她的眉心。

「我認為不斷殺也有不斷殺的了不起之處。任誰都想以某種形式在各自的領域生活下去……那是非常值得尊敬的事。」

藤堂緊咬嘴脣，因屈辱而全身顫抖。

不過，狂三說的幾乎沒錯。若是那麼想廝殺，有專用的領域，而從第九領域前往第十領域也不是什麼難事。

然而不前往第十領域，可見就只是個膽小鬼。

狂三有些亢奮，正想抨擊她的懦弱時——

「……且慢，時崎狂三。」

卻遭到制止，制止的人正是銃之崎。她一臉憂愁地訴說：

「我不認同她所說的話，今後也不會展開殺戮。不過，妳別再責備藤堂少尉了。」

狂三聞言，自討沒趣地放下〈刻刻帝〉。

藤堂連句感謝的話都沒說，便與部下們默默地一起走出營帳。

狂三聳了聳肩；銃之崎則是嘆了一口氣。

「我想轉換一下心情，能陪我散散步嗎，時崎狂三，第三精靈啊？」

「——哎，這倒是無妨。」

藤堂呼地鬆了一口氣。還以為會被殺。那個時崎狂三無庸置疑是「本尊」，只是礙於第八領域的規定不殺人罷了，要是快被人殺死，肯定會立刻動手解決對方。

自己這群人能倖存下來，是她一開始疏忽大意。另外肯定只是因為雙方的力量差距太大吧。

「少尉……不，隊長……」

「我們失敗了。這是無可奈何的事。」

大概沒辦法混入叛亂軍了。而且令人遺憾至極的是與「恐怕成為戰力」的時崎狂三敵對。

「……不過還有機會。我們再次渡海過去。只要戰爭開打，『殺她的機會』肯定會到來。」

就算被人唾罵也無所謂。

自己這群人也很喜愛第八領域，沒打算擾亂如此和平的領域。如今狀況惡劣。有白女王的存在，無數的空無也漸漸不能信賴。

「……一定要討伐緋王院華羽。殺死那個『開始墮落』的叛徒……！」

——以前，是更加微不足道的競爭。

銃之崎斷斷續續地呢喃。這個領域打從一開始就被大海分隔成兩塊陸地，但競爭內容頂多只是賽跑或捉迷藏這種無聊的事情。

也曾比賽念書或是看誰吃得多。

不過……比賽卻越來越激烈。

從第十領域逃到這裡的準精靈帶來第十領域的價值觀也是原因之一。

若是像第九領域那樣，偶像的人氣是至高無上的權利——還能判定價值觀相差太遠而摒棄，壞就壞在第十領域與第八領域的價值觀相近。

……所以，競爭越來越激烈。

不僅傷者無數，甚至有許多人消失，也有人不肯承認敗北而變成空無。

就在這時——

絆王院華羽提出水槍這個意見，讓它適用於領域的規定，形成健全的戰爭遊戲。

而她獲得了最初的勝利。此後，不管戰爭多少次，銃之崎軍都無法攻破絆王院的牙城。

「以上就是我與可恨的絆王院過去的歷史。」

狂三走在銃之崎的身旁，望向她。嘴上說可恨，看起來卻樂在其中。

所以狂三便直言不諱地指出這一點。

「說是可恨，聊起她來卻挺開心的嘛。」

「怎、怎樣啦！要妳管喔！」

「……妳跟緋王院小姐的交情很好嗎？」

反應真是激烈。

「才不好咧～～！她是可恨的敵人～～！真的超級討厭！差勁死了！壞透了！擺闊的礙眼乖僻女！也不來跟我打聲招呼！啊，可惡，想起來就一肚子火。那個女人！」

「叩叩！」銃之崎氣得用力跺腳。

狂三心想：

——啊，我該不會是踩到她的地雷了吧？

「再說，最近那傢伙連戰爭都不露面耶！太偷懶了吧！搞什麼啊，我可是拚死拚活地在打仗耶！越來越火大了，可惡！」

說中了。

「好了、好了。華羽小姐應該也有她的考量吧……」

緋王院華羽的確有許多令人摸不著頭緒的地方。

但是狂三不認為背後有什麼狠毒的陰謀詭計。至少沒有第九領域遇到的桃園真由香那樣膚淺的壞心眼，當然也沒有白女王那樣的殘酷惡毒。

是用字遣詞有些奇怪，略微高深莫測的準精靈。

當然有祕密吧。肯定懷抱著什麼。不過對狂三而言，那不過是無關緊要，不值得放在心上的事情吧。

然而對銃之崎烈美來說可就不是了。

「妳也是！為什麼要替那傢伙說話！妳是她的同伴嗎！」

然後她突然蠻不講理地將怒火指向狂三。

「就如同我先前說明的，我是以食客的身分——」

「沒錯，冷靜思考過後，妳不是敵人嗎！為什麼會在這裡！」

「我一開始就說明過了吧！本大小姐是專程飄洋過海來交還妳們的軍隊的！」

「那妳當然就是敵人了吧！妳會參加戰爭吧！」

「這個嘛——」

這時，狂三在絕妙的時機想起緋衣響。

再次點燃她對響的怒氣。竟然不理會自己的擔心，與士兵們相處得和樂融融……！

「是的，我參加定了。絕對與妳們勢不兩立！」

「好吧！那妳也跟絆王院華羽一樣——懸賞通緝！」

「懸賞通緝我……？」

銃之崎冷冷一笑，亮出一張紙。淡褐色的紙上浮現出狂三的臉，下方顯示出數字。簡直就是西部片裡的通緝令。

銃之崎一邊炫耀一邊大喊：

「開心吧。妳的懸賞金額跟華羽那傢伙一樣！」

「……那個，不好意思。這句ALIVE OR ALIVE是怎樣？通常是DEAD OR ALIVE吧？」

「呃，就說不能殺人了嘛。」

「這樣啊……」

雖然傻眼，但還是認知到自己被打倒可就傷腦筋了。

「那麼，我就趕快回去了。」

「是嗎？妳不是有什麼想見還是什麼在找的人嗎？」

「……不，『沒有』。『就算有，她現在似乎也開心得很呢』。」

「唔、嗯……第八領域是還可以啦。」

狂三毫不猶豫地將銃之崎的雙頰往上扯。

「以按啥喔啦（妳幹什麼啦）～～！」

「不好意思，我認為不好笑的笑話就應該保持沉默這麼做才對……」

於是，狂三再次飄洋過海，回到絆王院城。

「……唔。」

『響少校，您怎麼啦？』

「啊，沒事。只是覺得有一股寒氣貫穿全身。」

『感冒了嗎？』

「我出生到現在還沒感冒過呢……」

『那麼，就是有不祥的預感嘍是也。比如說狂三大人目睹了我們嬉笑的模樣之類的？』（答對了）

「哇喔～～太慘了吧！」

『當然，我們也多少吃了些苦頭是也，但只看剛才的狀況，足以大發雷霆了吧是也。』

「啊哈哈！不過，狂三好像在絆王院那方。這場仗打完後，去找她玩吧！」

『……感覺立了死亡旗標呢是也……』

黑桃A嘟噥道。

◇

——接著，戰爭時刻來臨。

起初絆王院方按照平常的迎擊指南，準備在絆王院沙灘迎擊。

不過，一名食客主張敵軍有「她」在，勢必會突破鐵絲網。

絆王院雖然半信半疑，還是採信了那名食客的意見，將她加入要塞的迎擊成員。

既然已經宣戰，絆王院方推測敵軍會在訓練完全結束後的三日以內襲擊。

而緋衣響少校則是認為既已宣戰就沒問題，大膽地主張應在訓練結束前一天早晨展開奇襲。

「這樣不會太卑鄙了嗎？」

銃之崎表示不贊同。響順利說服她，匆忙制定奇襲計畫。

「——嗯，她應該會這麼做吧。」

而一名食客思考著這種事情，埋頭致力於將〈刻刻帝〉改造成水槍。夜晚的沙灘十分靜謐，最適合放空心思，動手做事。

「狂三大人。」

佐賀繰唯如風一般現身。

「哎呀。我想想，妳好像是……」

狂三疑惑地瞇起眼睛。好眼熟的長相。她立刻想起是在第十領域參加廝殺的準精靈……等一下——狂三改變念頭。記得她當時應該已經死了才是。

「在下名為佐賀繰唯。」

「……妳不是已經在第十領域死了嗎？」

「一言難盡。」

唯似乎打算一句話帶過。她表現出一副不會再多說的樣子，將一大張紙型交給狂三。

「這是泳裝的設計圖。參照這張設計圖改良靈裝，應該不會有問題。」

「多謝。」

有別於在第九領域使用過的運動服型簡易靈裝，這次將靈裝改造成泳裝。

顏色當然是紅與黑，要多露一點皮膚又不顯得下流。

最好是會讓「那個人」害羞得不敢直視，卻讓她無法吐槽「露太多了啦，笨蛋！」的程度。

……真難拿捏。太過清純會無法留下印象，太過淫蕩又無法奪取她的目光。

「——狂三大人，敵軍真的會在隔天清晨發動奇襲嗎？」

「咦？喔喔，這個嘛……我不敢確定……但有六成把握。」

畢竟兩人並肩作戰那麼久了，狂三大概猜想得到響的腦袋在想些什麼。

而就算她推測出自己身在此處，也萬萬想不到自己打算參戰吧。

「狂三超怕麻煩的，懂得明哲保身，才不會主動參戰呢～～！」

腦海裡浮現響如此斷言的姿態。

本來是這樣沒錯。萬一必須戰鬥，故意放水輸給她也行。

不過——

「呵呵，呵呵呵呵呵。沒想到我竟然會認真戰鬥呢。」

很遺憾，時崎狂三決定認真對待這種戰爭。

她認為只有這麼做才能消除內心莫名的煩悶感。另外，她也好久沒看見響哭得淅瀝嘩啦的模樣了。

「……多麼扭曲的愛情啊……」

唯輕聲低喃。

「才不是愛情，是懲罰。」

「哎，哪個都好。既然狂三大人要參戰，想必這次也會是絆王院方的勝利……」

「話說，唯小姐，華羽小姐似乎不願多提的樣子，但有領域會議的詳細紀錄嗎？」

「不，沒有紀錄，我們也不可能知道會議的內容。不過，若是會議結果，在下倒是有聽華羽大人和瑞葉大人提起。」

「她們說——白女王出現了。」

「是的。過程中，懷疑是空無們在背地裡動的手腳。聽說幾乎所有領域都因此監禁或驅逐空無，第九領域和第十領域似乎是置之不理的樣子……」

「……這問題真是難解呢……那空無的反應如何？」

「由於她們空空如也，頂多只是有些皺眉罷了，基本上都乖乖服從。」

「我在第三領域遇見的空無們實屬異常吧……」

「另外，第六領域只開放通往第七領域的門，其他門都封鎖了。您想要前往第一領域，只能從第七到第六，再通往第五或第四領域了。」

「不能從這裡直接跳到第五領域嗎？」

「想必您已經聽說了，由於第五緊鄰著第三領域，為了避免白女王從第八領域通行，因此徹底封鎖通路。」

「……這樣啊，是因為通過這裡就會到達第九領域了嗎？」

「華羽大人並未表明，在下猜想應該是如此沒錯。」

「對了，瑞葉小姐也來了嗎？」

「是的。華羽大人並不想見她，所以在下領她去其他房間。」

「不想見她……為什麼？她們不是姊妹嗎？」

「是的。可貴的是，那兩人是親姊妹。」

緋王院華羽與緋王院瑞葉幾乎是同時期變成準精靈，瑞葉只記得她有一個姊姊。雖然是兩人自己宣告的……但大部分的準精靈都認為她們應該真的是姊妹沒錯。兩人就是如此「恰似姊妹」的存在。

「可是，對忘記一切的華羽大人而言……瑞葉大人或許只是個自稱妹妹的人罷了。」

佐賀繰唯一臉憂傷地低下頭。

「忘記……」

狂三歪頭表示疑惑後，唯便說：

「因為準精靈欠缺許多記憶……」

根據長年（雖不知在這裡度過了多少年月）以來的經驗，判定準精靈基本上是從現實世界迷失到這裡來的。

而且記憶各不相同，有完全失去記憶的人，也有保留不少記憶的人。

緋王院瑞葉記得華羽曾是她的姊姊，卻幾乎失去了其他記憶。

華羽則是說她什麼都不記得了。

起初迷失到這個世界時，兩人還經常一起行動，但自從華羽成為第八領域的支配者後，似乎就主動斷了交流。

宛如捨棄自己的親妹妹一樣。

所幸瑞葉立刻找到自己的天職——偶像，爬上第九領域支配者的寶座。

「哦～～那還真是奇怪呢。遇到這種事，就算發怒或悲嘆也不為過吧。」

一想到被人捨棄，任誰都會選擇絕望或憤怒其中之一吧。

而瑞葉再怎麼想也不像是會化憤怒為力量的類型。

「……這我也不太清楚呢。」

唯露出苦澀的表情。

狂三反覆改善泳裝，回憶起絆王院瑞葉。

她的確有種依賴心非常重的傾向，幸好這部分有輝俐璃音夢幫她分擔。而且身為支配者的經驗應該會讓她成長，變得強大吧。

「如果妳有時間，希望妳也能見見瑞葉小姐……」

「我考慮考慮。」

不過，姊妹倆感情好不好都不關她的事。

狂三更在意要如何讓響大吃一驚。她滿腦子只想著這件事。

哈囉，哈囉。

……事情就是這樣，我是緋衣響少校，就像是大隊隊長那樣。訓練即將結束的一大早發動奇襲，因此必須快速並將犧牲減至最低地穿過鐵絲網，一口氣攻下要塞。

本來打算這樣的，但似乎被識破了。話雖如此，確實遠比上次更輕鬆地到達鐵絲網，大家看我的眼神是越來越尊敬了。

『上吧，突擊是也！』

有人吹響號角。

「所有人員，突擊——！」

所有士兵高舉來福槍，一口氣侵入要塞。然後——遇見了。

「哎呀、哎呀、哎呀。還真是碰巧啊。」

遇見魔鬼。

遇見惡魔。

不對，是遇見神明。

坦白說，是遇見了時崎狂三。

……當然，並不是沒有這種可能。既然她不在叛亂軍，自然就是在絆王院那邊嘍。

不過，她還挺怕麻煩的。

響看準她應該不會關心兩方勢力無聊的戰爭。

「我說，緋衣響『少校』，妳似乎出人頭地了呢，真是恭喜妳呀。在第九領域是S級製作人，在這裡則是少校。響的才能，真是令我吃驚不已呢～」

慘了，她氣得要命。

雖然笑容滿面，卻滿腔怒火，甚至讓人有種背後燃起熊熊怒火的錯覺。

不是殺意，而是怒氣，這才駭人。若是殺意，只會冒出「我死定了」的感想。但這是怒氣，完全猜想不到會受到她何種懲罰。

「所以，難得有這個機會，我決定全力以赴。」

狂三雙手上的〈刻刻帝〉跟平常有些不同。老式手槍的設計不變，槍口卻裝上了類似泵浦的亮黃色粗糙物體。

「雖然我不太滿意這個設計，但畢竟是娛樂嘛，是表示這是玩具的最好證明吧？」

她如此說著扣下短槍的扳機。

「呃唔！」

輕而易舉地射穿響身旁的準精靈頭盔上裝的紙靶。〈刻刻帝〉似乎也跟其他武器一樣，射出的是水，而非影子子彈。

狂三身上也確實戴著紙靶。有點可愛。

不過，有一個問題。

「狂三，我有話要說！」

總之，先舉手發言。

「什麼事，響？」

「妳穿這套泳裝超好看的！」

「謝謝妳的稱讚。那麼，這句話就當作是妳的遺言可以吧？」

狂三嫣然一笑。

響也回以微笑。

深呼吸。

「全體人員撤退————！待在那裡的是擁有自我意識的炸彈！而且會無窮無盡地

爆炸！」

「呵呵呵呵，多麼正確的指示呀。那麼，響少校，我就開始窮追猛打嘍！」

「呀～～！就情境來說，明明是羅密歐與茱麗葉，可是這個羅密歐是來殺人的————！」

「誰是茱麗葉呀？誰？」

狂三開始行動，一個接一個射穿舉槍打算迎擊的士兵的紙靶。

紙靶被射穿的士兵舉起白旗自動倒下。

在這次的戰爭中視為「死人」，之後不得參戰。

『嗚哇！一旦與狂三大人敵對，真的超可怕的啦是也！』

模樣顯眼，易被擊中的黑桃A拚命逃跑。

「嗚哇～～！我真是不幸啊，不幸啊，世界第一不幸啊～～～～！」

而被狂三盯上的響一邊大哭大叫，一邊朝往這裡來的緋王院士兵發動她的無銘天使。

「啊！」

無銘天使中有許多非殺傷類型，緋衣響的無銘天使也屬於這個範疇。她的能力〈王位篡奪（King Killing）〉

——是與對象交換樣貌的超特殊能力。

而瞬間變成緋衣響的緋王院士兵立刻就被狂三的〈刻刻帝〉擊中。

「啊，竟然使用〈王位篡奪〉，太卑鄙了！」

「嗚哇～～管他卑不卑鄙，能活下去就好～～～～！」

響大哭大叫，準確地與絆王院軍互換，引起混亂。而且似乎還顧及撤退一事，完美地掩護己方的士兵。

這讓時崎狂三越看越不順眼。

「給～～我～～站～～住～～～！我射！一點都不知道我的辛苦！」

「對、對不起！我不知道妳在氣什麼，總之對不起！」

「沒有誠意的道歉，我不接受！」

「對～～不～～起～～～！但我還是要再次使出〈王位篡奪〉！」

『船準備好了是也！』

聽見黑桃A說的話，響確認自己是否殿後。

「好，搭船撤退！」

她縱身一躍後，立刻將頭猛力向右轉。果不其然，〈刻刻帝〉的水彈從背後射來。

響以毫釐之差閃過；狂三咂了咂嘴。

「給我站住！」

「才不要，會被殺！」

「我才不會殺妳！頂多讓妳生不如死，妳覺得如何？」

「才不要～～～～！」

『就像湯姆與傑利的關係呢是也～～問題是貓咪湯姆太盛氣凌人了是也。』

黑桃A表情陰鬱地呢喃。

響心想：這才不只是貓咪跟老鼠的關係吧。

「……射不到了呢。好啊，快點逃吧。這次的戰爭，我一個人解決！」

「給、給我記住～～！戰爭才剛剛開始呢！」

包含響搭乘的船在內，全軍撤退。留下的只有紙靶被射穿，舉白旗宣告死亡的準精靈。

「我絕對不會放過妳～～～～～～！」

狂三憤恨不已的聲音在響的背後迴蕩。

◇

「戰敗了嗎————！」

銃之崎大聲咆哮。響低頭跪拜，向包含銃之崎在內的全體人員謝罪。

「對不起、對不起，沒想到狂三竟會如此認真！完全出乎我的意料！我對不起大家！」

『不過啊……那種情況真的無法對付呢是也。畢竟就像是颱風、龍捲風、火焰旋風、暴風

雪、雪崩和鯊魚合體，排山倒海而來嘛是也。』

黑桃A幫忙說話。

「這麼厲害嗎？」

不愧是除了響之外見識過狂三有多麼可怕的黑桃A，這句呢喃極具說服力。

「響少校，振作一點！」

「沒事的，我們大隊才耗損兩成！」

「唔唔。兩成……死了八人啊。」

「不過，那個時崎狂三如此厲害嗎？」

聽見銃之崎的低喃，響點了點頭。而近距離見識過她的強大的士兵們也紛紛表示同意。

『簡直宛如這個世界的災害呢是也。』

「這樣啊……我還懸賞捉拿她，結果是自討苦吃嗎～～」

「唉……不過，她為什麼那麼認真參戰呢？」

響歪頭表示不解。黑桃A低聲呢喃：

『這個嘛……如果自己擔心不已的朋友把自己忘得一乾二淨，只顧著玩，可能就會變成這樣吧？是也。』

響聽了這番話，目瞪口呆地歪著頭。

不過，大概是慢慢理解了這句話的內容，她的臉瞬間漲紅。

「也、也就是說，狂三之前在擔心這個適合跪趴在地，根本算不上戰力的悲慘敗犬，路人中的路人，緋衣響我嗎？」

『沒那麼廢吧是也！』

響發出「噫呀～～」一聲怪聲後眼看就要倒下，周圍的士兵們連忙上前抱住她。

「唔、唔～～……感覺這次也會輸呢……」

銃之崎一臉遺憾地說。黑桃A也點頭表示同意。

「……不、不會的。既然有狂三在，我也會努力思考對策應戰……」

開心得倒在地上的響胡亂擺動著雙腿如此回答。

「有辦法嗎？」

「狂三氣的好像只有我。沒錯。如果是這樣，總會有辦法解決的！也許！應該！所以——」

響深呼吸。

「舉行時崎狂三對策會議！」

接著響起這樣的聲音。

◇

「哎呀、哎呀、哎呀。瞧妳氣呼呼的。」

「哪～～有～～我～～完～～全～～沒～～在～～生～～氣～～好～～嗎～～」

狂三用拉長的語氣說道，一骨碌地躺到了榻榻米上。華羽見狀，嘻嘻笑道：

「聽唯說，妳的同伴在敵軍？」

「不只在敵軍，還積極地攀關係呢。而且，晉升到了少校。」

「哎呀，真是了不起哩。」

華羽露出一副吃驚的模樣，用手摀住嘴巴。

「就是說呀～～我也嚇了一跳呢～～」

「……妳們是朋友吧。」

「……」

狂三沉默不語。恐怕，肯定，沒有任何人稱得上自己的朋友吧。就算曾經有過，「如今也不復存在了」。

自己的人生並沒有順遂到能擁有朋友。但是在這個鄰界倒也並未刻意保持孤高。

因為自己並沒有被追趕。既沒有與世界為敵，也不處於承受惡意的狀況。

況且，是自己允許緋衣響跟隨自己的。

……是說，想到這裡——

「哎呀、哎呀。響是我的朋友嗎？」

終於得出這個結論。華羽再次笑道：

「妳這人真是有趣。難道妳之前都沒發現嗎？」

「也不算是沒有發現啦。」

狂三回想起自己曾經稱呼響為「我的朋友」，但那是為了讓響進去恐怖房間而找的藉口，響也吐槽狂三是為了利益才認她作朋友。

事到如今才一副高高在上的樣子，露出邪惡的笑容說她不過是自己利用的棋子也完全沒有說服力吧。

「嗯，我們是朋友。朋友。是的、是的……哎呀，所以我才會生氣嗎？」

「怎樣都無所謂啦，不要漸行漸遠就好。小心無法挽回喔。」

「怎麼妳一副過來人的樣子呢？」

「有嗎～～？」

華羽嘻嘻嗤笑。這時，狂三的嘴裡突然冒出一句話。並非胡亂猜測，而是與兩人對話後有所感觸，「油然而生」的想法。

「妳所謂的朋友，該不會是指銃之崎小姐吧？」

華羽瞪大雙眼，沉默不語。

看來是被她說中了。華羽俯首，臉上褪去微笑，像是要蒙混過去似的啜飲著溫茶。

「不知道呢……」

「雖然我這麼說有些失禮，但漸行漸遠的是妳們吧？」

「……不用妳管。」

「我有點感興趣呢。這是怎麼回事？我不過是個過客，絕對會守口如瓶的。」

「……我不相信妳。」

「妳這是不打自招呢。妳說出這句話，就等於承認了妳和銃之崎烈美有關係。」

「唔。」

「是因為曾經跟叛亂軍領袖交流過，怕被人說閒話嗎？」

「我可沒說曾經交流過。只是……」

華羽打住話頭。

視線游移，猶豫不決地開口：

「……妳保證不告訴別人？」

「我以我的天使〈刻刻帝〉發誓，我絕不告訴別人。」

這句話多少打動了華羽吧。

只見她「呼～～」地嘆了一口氣。

「那就陪我聊聊往事唄。」

絆王院華羽依然操著一口奇怪的方言，娓娓道來——

……第八領域不如第九領域和平，卻也不似第十領域那樣暴戾。換句話說，第十領域的準精靈只不過是把第八領域視為避難所。

若是像第九領域一樣，存在著根深柢固的偶像價值觀，如同物理法則般牢不可破，第十領域的準精靈也不好下手。

即使在第九領域以蠻力作亂，偶像們的聲援、歌聲也會動搖她們的價值觀，驅逐她們。

相較之下，第八領域雖然不穩定，卻不如第十領域那樣殺氣騰騰。

或許可說是個不上不下的領域。這裡有的只是微風、夏季、大海與天空罷了。

絆王院華羽選擇了支配第八領域。

「憑妳的實力，應該能治理得很好吧。」

最資深的準精靈篝卦葉羅嘉如此支持她。她統率從第十領域流入的準精靈，立法，違抗者一律以力量制裁。

不過，並沒有打倒她們，不像第十領域那樣接受敗者消滅，反而保護了她們。

而妹妹瑞葉一無所知，卻以她的方式行動。治癒她們的傷勢，唱歌安撫她們。

產生了同伴。

同伴越來越多，願意跟隨華羽的人增加。

來自第十領域的人減少，第八領域迎來了和平——隨後化為空無的同伴變多。

當華羽為此頭痛不已時，一名少女出現在她眼前——

「絆王院華羽！跟我一決勝負吧！」

如此吶喊。

這名少女便是後來人稱銃之崎烈美的準精靈，並且空空如也。

「她曾是空無嗎？」

狂三插嘴說道。華羽一副懷念的樣子瞇起雙眼。

「她在第十領域被打得落花流水，奄奄一息時來到了第八領域。現在那頭耀眼的金髮，約有八成是白髮。」

化為空無的準精靈，全身湧起的怠惰與倦怠感。逐漸削減的精力、夢想和希望。

她的吶喊聲激烈得顛覆空無給人的形象。

當然，絆王院華羽絲毫沒有放水，利用無銘天使的扇子將她徹底擊潰。

隔天，她還是若無其事地再次前來挑戰。

這次不是華羽，而是換華羽的部下出馬。她再次吃了敗仗，但確實變得比昨天還要強了。

敗，敗，敗，勝，勝，勝，又勝了。

不斷累積勝利的經驗，後來只有華羽能戰勝她，最後連華羽也吃了敗仗。

身為支配者的華羽心想到此為止了吧，然而已經恢復閃耀金髮的少女卻微微一笑說：「下次再來一決勝負吧。」

「……這樣我沒有辦法接受，妳要求我一件事吧。」

華羽如此說完，少女便開口：

「給我一個名字！」

華羽半開玩笑地提出銃之崎烈美這個名字，卻意外地讓她很中意。

「好耶！這名字真棒！超帥氣的！」

於是她便自稱為銃之崎，似乎特別喜歡這個奇怪的名字。

後來她也像華羽一樣，成群結黨前來挑戰。

時勝時敗。

不管勝負，她總是打不膩似的。銃之崎的金髮始終閃耀不已。

宛如永不西沉的太陽。

「妳來到第八領域時，模樣十分淒慘哩。」

「要妳管啊！」

等華羽意識過來時，她已經長住在絆王院城了。像貓咪一樣滾來滾去，逕自狼吞虎嚥地吃著華羽端出來的茶點。

「欸，我們還能像這樣相處多久啊？」

「……妳是指什麼？」

「我擔心不知何時又會淪落為空無。」

「目前並沒有變成那樣唄。」

「就像感冒才知健康有多寶貴那樣。」

季節依舊是夏季，微風吹拂。

「天氣如此晴朗，風景如此美麗，為什麼我們會死呢？」

「不是死，而是消失唄。」

華羽說完後，銃之崎搖了搖頭。

「聽好了，絆王院，那就是死亡。不管說得再好聽，那種難受的感覺除了死之外還有什麼？別被空無啊，輕飄飄地消失啊，這種說法給矇騙。」

「……我想也是。」

銃之崎的意見半對半錯。

「那麼，銃之崎，妳看到這個有什麼想法？」

華羽嘻嘻一笑，脫掉假髮。有一半依然烏黑亮麗，但其餘的一半則是「閃耀著銀白色」。

「————」

銃之崎茫然盯著那頭頭髮，半晌後搖搖晃晃地靠近華羽，有些粗暴地一把揪住她的白髮。

「喂……很痛耶。」

「什麼時候開始的？什麼時候開始的？」

銃之崎目光如炬，透露出不許說謊的情緒。

「……是從何時開始的呢？我自己也不知道哩。」

華羽撇過頭，有些自暴自棄地吐出這句話。銃之崎抓住她的衣襟，將她拉向自己——兩人互瞪。

「『妳會死』。」

「『我不會死』。」

兩人沉默片刻。

銃之崎放開華羽的衣襟，深深呼吸了一口氣。

「我最後再問妳一句。妳的願望是什麼？要做什麼才會讓妳湧現出活著的充實感？」

「這還用說嗎？」

緋王院華羽露出狂妄的笑容告知：

「『當然是和妳認真交戰的時候呀』——」

——好了，我說完了。

華羽投降般猛然舉起雙手。

「……所以，才開始這種戰爭遊戲嗎？」

「畢竟她很死心眼嘛。」

華羽嘻嘻嗤笑。狂三見狀，皺起眉頭。

「總之，她是真心為了幫助我而戰。我打贏了自然是好，但戰敗了搞不好會死。」

邪惡的笑容。

彷彿在訴說控制她真是樂不可支的笑容。

若說是善良或邪惡，她的態度無疑是邪惡。

「……妳夠了喔。」

「原來妳也會生氣呀。」

「我之所以會生氣，是因為被人小看。」

不過，狂三露出更邪惡的笑容，亮出恢復原狀的〈刻刻帝〉。

「——我的〈刻刻帝〉能藉由消耗時間產生特殊的能力。每一項能力都能與所有人的無銘天使——其固有能力抗衡。」

「……比如說，是什麼樣的能力？」

「這個嘛，比如說——窺視妳的記憶，確認真相是什麼樣子。」

華羽這時才開始表現出慌亂的模樣。

「好了，出局。露出這種表情就宣告失敗了，破功。想裝壞人，至少也得擺出『即使是喜歡的人也能痛下殺手』的態度。」

「……我要是能那麼果決，就不會如此辛苦了。」

華羽露出遙想遠方的眼神，低喃道。

「所以，妳到底想怎麼做？」

華羽猶豫不決。若是自己信口開河，眼前這名少女勢必會揭穿真相吧。

所以說不說，結果都一樣。

問題在於……她會做出何種反應，又會怎樣行動。只能放手一搏了。

「其實我——」

華羽茫然若失，語氣淡然地道出不為人知的真相。

狂三聽著聽著，表情漸漸消失。

「——大概就是這種感覺唄。」

「……妳甘心就這樣嗎？」

「無所謂。」

華羽簡短呢喃了這句話後，輕輕觸摸狂三的〈刻刻帝〉。平常狂三絕對厭惡別人做出這種行為，此刻卻默默接受。

她將〈刻刻帝〉的槍口抵在自己的眉心。

「既然說出口了，也有這條路可走。扳機一扣，就一了百了了。」

「——我才不會開槍，浪費我的子彈。」

狂三挪開〈刻刻帝〉的槍口，也是表明她不會殺害華羽的意思。

「也就是說，妳願意奉陪嘍？」

「……沒辦法。反正妳目前也沒有打算開啟通往第七領域的門吧？那麼，我就相信妳，為妳耗費時間。要是妳敢耍什麼花招——」

狂三如此低喃，微微瞇起眼睛。華羽背脊一涼，直覺感受到危機。

萬一稍微說錯了話，狂三肯定會要了她的命吧。

不過，這種「狀況」正是她所希望的。華羽拉攏時崎狂三這個災害，然後拚命想活下去。

「……妳還真支持我呢。」

「我沒興趣殺想死的人，倒是有興趣將想活的人置之死地。」

「這樣啊。」

華羽悄然溫和地笑了。

「這是我一生一次的大對決哩。啊啊，真可怕、真可怕。」

「那麼，今天妳就顫抖著入眠吧。明天開始，我會保護妳。」

「嗯？妳要去哪裡？」

「代替妳去和瑞葉小姐談話。」

「……多謝了。」

狂三揮了揮手表示沒什麼，便離開了現場。

獨自一人。留下自己一人獨處。

華羽呼吸了一口氣，感覺新鮮的空氣置換了自己的細胞。

她以靈力創造出一只木盆後，裝水泡腳。

「好冷呀。」

冰涼的感覺滲入肌膚。

血液凍結的感覺立刻被太陽的炎熱消除，剩下的只有半熱不涼的水和肌膚。

不過，華羽認為這就是生存。

所謂的生存，說到底就如同身子浸泡在溫水中的時間；而死亡就是淹沒於冷水中。

不過，淹沒於冷水中的那一剎那——才能真實感受到自己還存活著。

當然並非所有人都認同這個道理。

但至少絆王院瑞葉是認同的。

◇

銃之崎烈美依然牢記自己變成半空無狀態時的苦楚。

所有準精靈認為化為空無不是什麼大不了的事。既不痛苦，也不醜陋，甚至毫無疼痛地逐漸消失。

不對，並非如此。

那是一種病，沉重的倦怠感會讓人「不想動」一根手指。

眼看著求生欲逐漸腐敗的恐懼。

「……緋衣中校（又升遷了），妳也經歷過這樣的感覺吧？」

銃之崎坦露自己曾是空無的過去後，尋求響的同意。響也歷經過空空如也的時期，空虛到確

信自己將會消失，直到遇見某個少女。

「我的情況可能沒那麼嚴重……啊啊，不對。也許是因為我化為空無的速度比較快吧，倦怠感所引發的痛苦反而因此解除了。」

「是這樣嗎……」

鮮少有準精靈嚴重空無化後還起死回生的。銃之崎和響是少數的例外。

「那麼，白女王是怎麼在空無保持空空如也的情況下操縱她們的呢……」

「這……我不知道。」

失去活下去的欲望，逐漸滅亡的生命。然而，與白女王接觸後，所有空無全都懷抱著熱烈的信仰，甚至不畏死亡。

「白女王的魔手也悄悄伸到了第八領域。有辦法的話，我想先停止戰爭，確保這個領域的安全——」

「但是不能這麼做對吧。」

兩人同時嘆了一口氣。

若是停止這場戰爭，勢必會增加許多化為空無的準精靈。

「算了，先不管了。必須來擬定戰略才行。」

兩人如此說道，並且凝視著作戰地圖。

「狂三神出鬼沒，還能在天空飛翔，要擊落她可說是難上加難。」

「這倒不用擔心。第八領域的天空風力十分強勁，要順利高飛也很困難。如果是低空飛行，要擊落她沒什麼問題。」

「我猜狂三她應該會衝著我來，對我緊追不捨。」

「緋衣中校，妳看起來很開心呢。」

響的表情十分放鬆。她認為那個時崎狂三對自己發怒並且窮追猛打的事實，已經是狂三表達友情的最大限度。

老實說，光是想到自己被她追趕，心中便雀躍不已。

「嗯，我知道了！這就是所謂的病嬌吧！」

「我才沒病呢，真是失禮耶！」

這無疑就是病嬌，但響自己似乎並不怎麼認為。

「先別管病嬌不病嬌了。所以，緋衣中校妳願意當誘餌嗎？」

「我是很想當啦，但就算我去當誘餌，大概十秒就會被幹掉了。」

「我想也是喔～」

響深刻地體認到，時崎狂三該怎麼說呢，就是——只能說強得「誇張」。

是在這個鄰界唯一能讓白女王一敗塗地的存在。

就算響單手拿槍攻擊，也只會落得被〈刻刻帝〉連續射擊，射穿紙靶，判定死亡的下場。

「總之，遇見她只能逃跑。使用〈王位篡奪〉就能讓別人當替死鬼，如果是敵人倒也罷了，若是犧牲同伴可就不好了。」

「嗯。如果妳是會犧牲同伴，只求自己存活的那種人，我也不會提拔妳到中校這個軍階。」

「所以，只能遇到就跑了。另外，我們手裡能用的牌……」

『只有在下我了。畢竟是撲克牌嘛。』

突然冒出來的是響現在的副官，黑桃A中士。

「嗯～～既然黑桃A願意發動奇襲……不，不行。黑桃A出場，只會讓狂三吃驚一下子而已。想必她馬上就能把妳解決。」

『畢竟在下是平面，很顯眼嘛是也……』

「……嗯？」

——響再次望向黑桃A。

「不好意思。」

『是也？』

響抓住黑桃A的肩膀後，把她轉過來。當然，看見的只是平凡無奇的撲克牌背面而已。

『響中校大人～～？』

「……雖然只能用一次，但搞不好行得通喔。」

其實目前的狀態很奇妙。儘管凱若特・亞・珠也隱匿了蹤跡，不知為何卻只有黑桃A加入了叛亂軍。

從那座沙灘翻越鐵絲網時，因為黑桃A位於後方，應該不會碰到狂三才對。

換句話說，狂三不會發現黑桃A的存在。就算發現，也萬萬想不到她會如此受到信賴吧。狂三也不是萬能之神。

「……好，黑桃A中士，讓狂三大吃一驚吧。」

『義姊大人的表情真邪惡呢是也。不過，好像很有趣的樣子是也。算我一個。』

黑桃A也邪佞一笑。

○而這時……

——第五領域。

瀰漫的熱氣，熊熊燃燒的樹林，適合稱為地獄的領域。

那就是鄰界第五領域，Geburah。

而如今此地正展開第八領域的規模無可比擬的「戰爭」。

不，這稱得上戰爭嗎？

所謂的戰爭，不管再怎麼殘酷，都有「彼此是同種」的認知。換句話說，對方也跟自己一樣是人類，以思想、國家或其他各種不相容的理由，抑或是大義名分彼此殺戮。

然而，這卻不是。

壓根兒就不同種。精神狂亂，襲擊而來的她們（空無）早已不成人形。

沒錯，「不再是人類」，而是龐然怪物，似蟲的奇怪生物。因為具有人體的部位，蠕動的模樣宛如惡夢。

在這最前線戰鬥的準精靈們共通的見解恐怕不是不想死，而是不想變成這副德性吧。

她們（已經等同於沒有性別的異形）在強行撬開的第三領域的門附近構築某種巢，開始侵略領域。

該說是不幸中的萬幸嗎？第五領域原本就是難以正常生活，固若金湯的領域。領域邊緣到處充滿熔岩，偶爾甚至會噴火。

本來該稱為這個領域的敵人的，是狂暴的火山。

然而，如今這火山群可說是值得信賴的同伴。因為領域之所以能抵禦侵略，全仰仗火山熔岩輕而易舉地橫掃空無們。

當然，不只如此。

為了守護第五領域，來自全領域的戰鬥型準精靈蜂擁而至。得以連結第三領域的除了這個第五領域外，還有第二領域與第六領域，但這兩個領域全都藉由破壞【通天路】達成完全封鎖。

唯有第五領域未破壞也未封印通往第三領域的道路。那是支配者葉羅嘉的判斷。

若是封鎖所有道路，反而無法進攻第三領域——如此極為好戰的選擇。

而那個篝卦葉羅嘉如今卻不在第五領域。她正前往第十領域，為了擔任支配者而行動。

因此現在透過幾個篝卦葉羅嘉信賴的門徒商議後，戰爭開打。其中壓倒群雄的是手持無銘天使〈天星狼(Lailaps)〉、身穿〈極死靈裝・十五番(Brinicle)〉，外號「碎餅女」的——

蒼。

「嗯！」

輕微的呼吸聲。旋轉的同時，眼前的巨人攔腰斷裂。不僅如此，被震飛時還令周圍的怪物陷入混亂狀態。

「噓！」

垂直劈開，橫向切斷，由上而下擊碎。

不管什麼都像餅乾一樣敲碎。不顧緊跟在後的準精靈，連頭也不回。

一副還不夠、還不夠的樣子，不斷向前猛衝，踐踏崎嶇不平的灰色大地。

「好強，我們是前輩，卻完全追不上她。」

在後方拚命緊追不捨的其中一名準精靈悲嘆似的咕噥。並肩奔跑的另一人點頭表示同意。

「也難怪葉羅嘉大人會說她是百年一見的天才。」

「那個，叫什麼來著，《三國志》不是有呂布嗎？我想大概就是那種感覺。」

「啊～～剛好她一副中國風的樣子。」

兩人毫不留情地破壞蒼手中漏掉的蝦兵蟹將。

人類的腳宛如蜈蚣般蠢動，就像蟲子一樣的無頭怪物；無數的頭結合在一起，飄浮空中的怪物；以及怎麼看都只覺得是上天以惡意製造出的噁心怪物群。

不過——

以惡意製造出的怪物卻被偶然誕生的怪物全數驅逐。

「嗯——！」

蒼發出必須側耳傾聽才能聽見的聲音，同時又橫掃了十隻怪物。

這時，緊跟在後的兩人才終於發現。

「我說，那該不會是她……提起幹勁所發出的吶喊聲吧？」

「……也太小聲了吧……她以為那樣就是發出聲音了嗎……」

沉默片刻後，兩人異口同聲地低喃：

「……真是可愛呢。」「……真是可愛啊。」

兩位前輩感覺自己不是敗在技不如人，而是敗在不夠可愛，因此垂頭喪氣。

順帶一提，在蒼的心中可是認為自己發出的是響徹戰場的吶喊聲。

「殺啊啊啊啊啊啊啊啊啊啊啊啊啊啊啊啊啊啊啊啊啊！」

——就像這種感覺，光聽就能讓敵人嚇得發抖，充滿氣勢的聲音。

「！」

然而實際卻是這種感覺。更別說是放棄思考的怪物了，根本毫不畏懼，持續不斷攻擊。

戰鬥結束後，蒼受到前輩們指摘關於聲音的事，害羞得滿臉通紅，難為情地用無銘天使〈天星狼〉擊碎周圍的地面。

「今天就到此為止吧。蒼，辛苦妳了～」

「辛苦了……」

雖然因為發聲失敗，情緒有些低落，但蒼隨後又重新打起精神。

這裡是蒼成長的領域。先不論是否在這裡出生，但她無疑是在這裡受到葉羅嘉嚴格教導戰鬥技術。

然而這個故鄉卻十分荒蕪。只要離開城鎮一步，便是寸草不生的極荒之地，荒廢到令人不禁心想：地獄搞不好還好一點呢。而且龜裂的地面還不斷冒出灼熱的熔岩。

偶爾會大規模地噴發，驚嚇到周圍的準精靈。大地不分晝夜轟隆作響，宛如巨人低喃。

雖是如此邊境之地，但聽說這裡遭到侵略時，蒼竟意外地感到氣憤。

看來即使是這樣的故鄉，自己還是對它保有一定的感情。

……不過，唯獨有一件事令她不滿。

「時崎狂三不在，真是火大。」

那就是把自己打得落花流水的時崎狂三完全不見蹤影。自己似乎也敗給了那個白女王，但頂多只覺得自己在不知不覺間被擊飛出去，也不記得有受什麼傷。

印象中——是自己覺得厭煩，隨便應付了一下。也就是說自己並沒有輸。絕對，絕對沒輸。

當然嚴格說來，或許可稱為敗北，不過說到底唯一打敗自己的，只有那個精靈，時崎狂三。

若非如此，總覺得丟臉又可恥。

蒼無處安放的手緊抓著靈裝的下襬，沮喪了一會兒。

「怎麼了？」

有人一把抱住蒼，她不悅地甩開那雙手。

「沒什麼。」

不管是前輩還是誰，基本上蒼說話的語氣都是如此無禮。

戰場上不分前後輩，這是蒼一貫的主張，況且沒有一個準精靈能勝過她，因此無所謂。

「哎呀，妳剛才的表情很棒呢，宛如『戀愛中的少女』！」

聽見這句話，蒼的心臟不禁震了一下。

同時也恍然大悟。每次想起時崎狂三，「心煩意亂」的感覺；失去自我本色般魂不守舍的感覺；從趾尖麻到頭頂般的這種感覺；想要殺死時崎狂三的這種心情——

原來是戀慕之情啊。

「原來如此，這就是戀愛啊。」

好，下次見面時就告白吧。同時揮舞這把〈天星狼〉，用力朝她的腦袋敲下去。

啊啊，可是這樣她會不會聽不見自己的告白？

所以應該告白完再敲才對。

「謝啦，點醒了我。」

「？雖然搞不太清楚，但得到妳的感謝，心情真好！」

儘管這名準精靈一無所知，但此時蒼的目的已脫離常軌，一去不返。

如殺意般的戀慕之情，抑或如戀慕之情般的殺意。蒼並未將兩種情緒各自分開，而是視為一體，全盤接受。

雖然這個形容老套又有些偏離現狀，但硬要說的話就是——

蒼對時崎狂三的情緒是病嬌。

◇

——第九領域。

輝俐璃音夢精疲力盡地躺在柔軟得「讓準精靈變成廢物」的靠墊上，一根手指都不想動地全身癱軟。

一群工作人員在她周圍喧囂吵雜，忙得不可開交。

輝俐璃音夢如今代理第九領域支配者。

由於原本的支配者絆王院瑞葉已前往第八領域，便交由她代為處理政務（與偶像業務）。

無奈她在不負責任這方面是無人能出其右。

天生是個樂天派又愛偷懶，才像這樣躺在會使準精靈變成廢物的靠墊上，怠惰地度過時間。

「啊～～好閒啊～～……」

輝俐璃音夢胡亂擺動雙腳。瑞葉的祕書見狀，深呼吸了一口氣。

「吸～～～～～～」

然後像空手道的息吹呼吸法一樣，使勁將氣吐出。

「唉～～～～～～～～……！」

「喂，一開始的深呼吸，是嘆息的預備動作嗎？」

「是的。因為我想盡情地表現出失望的樣子。」

面對璃音夢的指摘，祕書若無其事地回答。

「妳很煩耶～～小心我用吃完洋芋片的手指在妳的眼鏡上留下指紋喔！」

「妳這惡魔，竟然想得出這麼可怕的方法！」

「人家可是支配者耶，這麼說我未免太過分了吧！」

「在我們心中，妳就像是瑞葉大人附贈的東西。就是零食附送的那種隨便的小玩意兒。」

璃音夢說一句，祕書也毫不客氣地頂一句。原本瑞葉會慌慌張張地勸阻兩人打口水戰，不過很不巧，她現在出門在外。因此，祕書毫不猶豫地以語言暴力大肆攻擊璃音夢。

「……另外，關於桃園真由香。」

「嗯？那孩子怎麼了嗎？」

「還敢問怎麼了，必須請妳決定處分才行……瑞葉大人太善良了，只是派人監視她，觀察情況而已。」

「她又沒犯什麼罪。壞的是那個自稱ROOK的空無吧。」

「不，她犯的罪就是之前欺騙輝俐璃音夢……也就是妳。」

撼動整個第九領域的騷動起因於桃園真由香慫恿輝俐璃音夢。她策劃欺騙璃音夢，讓璃音夢尋找「月之聲」，將之得到手。甚至期待璃音夢死亡，企圖藉此動搖瑞葉的心靈。

這也是**醜**聞，天大的**醜**聞。

「那種事算什麼罪啊？啊，不，等一下。可以幫我把那個叫桃什麼的叫來嗎？」

「……妳要見她嗎？」

「當然要見啊。」

祕書嘆了一口氣，對身旁的工作人員下指示。

璃音夢依依不捨似的摸了摸靠墊，接著提起幹勁，時隔已久地站起來。

「……幹嘛？」

桃園真由香一副鬧彆扭的樣子，把頭撇開。已經全面停止偶像活動，當然早已沒有粉絲支持她，專屬的工作人員也調到其他地方。她在這個領域受到殘酷的排擠。

她本人似乎也頗有自知之明的樣子。

半自暴自棄地面對璃音夢。

璃音夢輕輕地接近她，隨意抓起她的頭髮。

「啊，果然。妳已經開始化為空無了呢。」

「不會吧……！」

真由香愕然拿出粉餅盒確認自己的模樣。

……頭髮沒有變白，膚色也沒有改變。真由香明白自己受騙後，惡狠狠地瞪向璃音夢。

「抱歉、抱歉。剛才是騙妳的……但妳應該心裡有數吧？」

「這個嘛……」

真由香移開視線，不安地用雙手環抱住自己。別說支配者，現在的自己連偶像都不是。

為了生存拚命努力的結果，就是如今這種下場。她只能待在這裡。現在的自己什麼都做不到，不被任何人需要。

「……我知道啦，可是又有什麼辦法。」

「才沒這回事呢。」

「那妳說該怎麼辦啊！不是偶像的我，沒有任何價值和可取之處！」

璃音夢歪頭說道：

「妳不是有一個超厲害的長處嗎？」

「——咦？」

真由香目瞪口呆地望向璃音夢。自己有什麼長處啊？

「妳不是超～～～～～級——壞心的嗎！」

聽見這句話，真由香僵了一會兒後，氣得發抖，淚眼婆娑地大喊：

「這算什麼長處啊，白痴————————！」

「為什麼啊！這個第九領域頂多只有妳能如此果斷地把大家當作棋子利用！很厲害好嗎！很會耍詭計陰謀！」

「妳這是誇獎嗎！我說，這個人真的是在誇獎我嗎！」

「桃園小姐，非常遺憾，輝俐小姐真的是在誇獎妳。」

祕書插嘴說道；真由香啞然無言。

「這個人真是笨得誇張。」

「我或許笨，但妳也確實壞心啊。不過啊，這也算是妳的個性不是嗎？既然如此，就放棄當偶像，活用這一點生活下去的話，我想應該就不用擔心化為空無了！」

「壞心是要怎樣活用啊！」

「比如用它來保護第九領域之類的。」

「……我的無銘天使不太適合用來戰鬥。」

「可是妳腦筋動得快吧？」

「輝俐小姐，妳的意思是，要把桃園真由香派去當門衛嗎？」

「再正確不過了。現在感覺就是隨便巡視而已。我在領域會議上提出這件事，結果被其他人罵得狗血淋頭！」

「唔。這的確有點──」

祕書欲言又止。

「……咦，以前都是隨便巡視而已嗎？不是分區定期巡視嗎？」

真由香納悶地插嘴說道。祕書難為情地點了點頭。

「各個門衛的說法是……昨天去過的地方今天就不巡視，改換其他地方巡視……」

「那不叫定期，而是叫隨便！我們好歹是必須守護第九領域的身分吧！」

「因為這裡太過和平了嘛～～」

「隔壁是第十領域耶……雖然前陣子因為『操偶師』，呈現鎖國狀態，但那傢伙死後，現在似乎又開始燃起接班人之爭。」

「……是這樣嗎？」

祕書瞪大雙眼，歪了歪頭。

真由香目不轉睛地瞪著祕書和璃音夢。

「妳們只顧著忙偶像活動，守護領域這種重要的工作根本完全不行嘛。」

「嗯。因為瑞葉那邊似乎沒收到報告啊～我因為那場騷動進行調查，結果嚇了一跳。」

「……關於這件事，真的非常抱歉……」

真由香看著祕書低頭道歉的畫面，同時在心中咒罵：原來是不能也不想讓偶像聽到報告啊。偶像當支配者的壞處就是這一點。

為了讓支配者以偶像之姿亮麗閃耀，領域的黑暗面在「傳到她耳裡之前」就消失了。

「所以也沒有收集情報吧？認為沒什麼大不了，一直這麼鬆散吧？難怪一無所知。」

「明明情報那麼重要～～我當時小命就快不保，哪有空管這種事。」

聽見璃音夢的牢騷話，祕書身子越縮越小。

真由香見狀，嗤之以鼻。被帶來時無精打采地佇立的她不知不覺間竟充滿自信，抬頭挺胸。

「好吧，我答應，我來幫妳指揮。總之，快點召集那些笨蛋門衛。由我當頭頭沒異議吧？」

「沒有～～找我、瑞葉或祕書報告都可以。」

一提到瑞葉的名字，真由香又定睛直視。

「我才不要找瑞葉～～要報告的話，我找璃音夢前輩就好～～」

她撇過頭說道。璃音夢見狀，歪了歪頭問：

「妳討厭瑞葉嗎？」

「超～～～～～～級討厭！誰教她擁有我所沒有的一切！」

桃園真由香說的是實話，她討厭絆王院瑞葉，甚至可說是憎恨。

自己沒有的東西，她統統都有——人見人愛，努力又善良。善良至極，相信未來、自己和同伴們。

真是討厭死她了。

「是喔～～」

「我討厭璃音夢前輩妳的程度也跟她不相上下。這一點，妳可別誤會了。」

自己也討厭輝俐璃音夢。

她跟瑞葉相反。就算沒人愛她，也一副若無其事的樣子，決定自己的道路，筆直地朝目標前進。對於自己曾經希望她死的事，她也完全沒放在心上吧。

——令人嫉妒。顯得思前想後的自己跟笨蛋一樣。

「那向誰報告不都一樣！」

「……前輩雖然討厭，但我不想跟瑞葉待在同一個空間。」

「？真是搞不懂妳呢。」

「搞不懂也無所謂，這是我心情上的問題。我雖然討厭璃音夢前輩妳，但不排斥跟妳說話，如此而已。」

「妳這後輩還真是奇怪呢！」

「沒錯，那就請多指教啦，怪前輩♪」

真由香綻放笑容。明明是輕蔑的態度，不知為何卻露出格外燦爛的笑容。

「……妳笑起來不是挺好看的嗎？」

璃音夢一臉滿足地點了點頭後，真由香立刻斂起笑容，把頭撇向一邊。

◇

——第八領域。

絆王院瑞葉並未達成此次造訪這個領域的主要目的。那就是與親姊姊絆王院華羽交談。

……瑞葉幾乎失去了過去的記憶。等她回過神來時，已經在這個鄰界生活。不過，她卻熟知

現實世界的知識與常識。大部分的準精靈都是這樣誕生——不，是「墜落」於鄰界的。

有完全喪失過去記憶的，也有保留些許記憶的。

瑞葉過去的記憶中獨一無二的事實——只有華羽是自己的姊姊。

唯有這件事是自從她在這個鄰界清醒後，一直銘記在心的事實。

相較之下，華羽應該保留著各式各樣的記憶，但華羽卻絕口不向瑞葉提起現實世界的事。

她們曾經居住的家是什麼樣子、父母是什麼樣的人，以及華羽與瑞葉——是怎樣一對「姊妹」，兩人是如何相處的。

華羽隻字不提。

瑞葉懂得察言觀色，自然也沒過問。況且在鄰界生存不易，確實也顧不得那麼多。

——不過，也差不多該問了吧。

瑞葉隱約這麼想。或許該說是有這種預感吧。

所以雖然處於忙碌時期，她還是將統理第九領域的事情交由輝俐璃音夢和工作人員負責，自己造訪第八領域。

不過不知為何，華羽不肯見她。雖然華羽有時會露出不想見面的眼神看著她，但這還是華羽第一次這麼明確地拒絕她。

儘管如此，她也沒有返回第九領域的意思。就這樣，無所事事地過了十幾天。

瑞葉決定出絆王院城的城門，去散個步轉換心情。只要走一小段路便會到達要塞，穿過要塞與周圍的鐵絲網便能來到沙灘。

但瑞葉沒打算走那麼遠，只要漫不經心地在通往要塞的小路上散散步就夠了。

「夏天……」

第八領域總是夏季。

不是春、秋、冬，而是夏季。

……感覺以前的確是四季分明的。不過，自從華羽就任支配者後，就只有夏季造訪。

「因為我喜歡夏天嘛。」

印象中她好像曾這麼笑著說過。

瑞葉認為她是個優秀的姊姊，也是令人欽佩的支配者。光是與她說話就快被自卑感壓垮。

……雖然自己喜歡她，信賴她。

但總是有種隔閡感。不對，拒人於千里之外的或許是自己吧。被自卑感所折磨，敬而遠之的，是自己……？

瑞葉搖了搖頭。

無論如此，自己現在是第九領域的支配者，必須和華羽面對面交談不可。

並非以妹妹的身分——而是以一名準精靈的身分。

不過，華羽不願意相見。自己明明有非常重要的事要跟她說。
「該怎麼辦才好呢？」
蟬聲吵雜。刺耳的生命之聲。明明是假貨，卻竭盡全力地想證明是夏天而不斷鳴叫。
「哎呀，真巧呢。」
清脆悅耳的聲音。儘管夏季炎熱，她的氣息卻冰冷得讓四周凍結。
「時崎……狂三小姐？」
在第九領域與白女王一戰，敗北後下落不明的時崎狂三，就在她眼前。
「咦？這究竟是怎麼——」
狂三伸出手制止瑞葉說話。
「時機正好，方便的話能否跟我稍微聊幾句？」
「……啊，好的……」
「謝謝妳。」
狂三縮起下巴道謝。她穩重又典雅的動作讓瑞葉有些看傻了眼。
「我才來這裡不久，不太清楚——這裡有茶館之類的地方嗎？」
「啊，有的。我知道一間朋友偷偷開的店。」
「那麼，就去那裡吧。」

◇

在瑞葉的帶領下來到的茶館十分小巧，只要進去四人似乎就滿了。

因為位於坡道上，能將美麗的大海與沙灘盡收眼底（姑且把旁邊的鐵絲網和要塞當作可愛的點綴）。

「歡迎光……哎呀。」

店員看見瑞葉的臉嚇了一跳，隨後欣喜雀躍地端出冰麥茶。

「沒想到瑞葉大人來到了第八領域呢。」

「是啊，前陣子就待在這裡了。是專門來找華羽姊姊的……不過還沒見到。」

「華羽大人最近也沒有光顧我這小店，真是可惜呢……」

「我見到她，會轉告她來店裡光顧的。」

「謝謝您。那麼，兩位要點什麼？」

「我要餡蜜……狂三小姐呢？」

「請給我一份宇治金時……」

「好的、好的，請稍等片刻。」

店員消失在店內深處。

「叮鈴～～」狂三正想開口說話時被鈴聲打斷。

「哎呀，是風鈴。」

「叮鈴～～叮鈴～～」海風吹來，搖響風鈴。

玻璃製的圓形風鈴像水母一樣可愛。

「也有用鐵製成的風鈴喲。」

「這樣呀。我還以為風鈴都長這個樣子呢。」

「發出來的鈴聲會不一樣。鐵風鈴比較像……樂器。玻璃風鈴因為製造簡單，鈴聲也比較樸實。」

「妳喜歡哪一種風鈴呢？」

「我喜歡鐵風鈴。風強一點才能敲擊出聲音來。」

「讓妳們久等了，兩位的餡蜜和宇治金時。那麼，請慢用～～」

可說是夏季代表甜點的餡蜜，主流的做法是在豆子、洋菜以及紅豆泥上淋上黑蜜，通常還會加上水果。

「仔細想想，餡蜜真是個令人費解的甜點呢。」

聽見狂三說的話，瑞葉也表示同意地回答：「就是說呀。」

紅豆泥和蜜汁分別都是甜得可以比拚的食品。所以若只是紅豆泥淋上黑蜜，大概只有甜味而已。但是加上不甜的豆子和切成丁狀的洋菜，就中和了甜味。

這間茶館的餡蜜除了洋菜和豆子之外，還加了橘子和鳳梨，大概是為了配色吧。

瑞葉一開始先吃紅豆泥，吃了一陣子後再挑戰淋上蜜汁的洋菜，與水果交替著吃。這樣吃會增加水果的酸度，但這樣才好吃。

「我在智慧型手機上看到的，據說餡蜜是蜜豆衍生出來的甜點。從在豆子、洋菜上淋上黑蜜這種吃法再多加了紅豆泥。」

「多了紅豆泥分量比較多，我喜歡。」

瑞葉一邊聊著這種無關緊要的話題，一邊觀察狂三的裝扮。並非平常高雅俐落的靈裝，而是比基尼式泳衣，外加綁上一條薄沙龍裙。

「哎呀？妳在意這套泳衣嗎？」

「是、是的。妳換衣服了呢。嚇我一跳。」

「俗話不是說入境隨俗嗎？妳倒是打扮得跟平常一樣呢。」

「是的。泳裝……必須獲得允許才能穿給別人看……」

「……偶像真是辛苦呢。」

「叮鈴～～」鈴聲打斷對話。

沉默片刻後，瑞葉終於進入正題。

「狂三小姐……為什麼會到這裡？」

「因為在第三領域和白女王交戰。」

「咦……？」

狂三淡淡地說起自己在第三領域對白女王報了一箭之仇，成功逃脫的事。

即使如此，瑞葉似乎也感受到了激戰的精彩，表情誠摯地不斷點頭應和。

「……所以才會來到第八領域……真是難為妳了。」

「是的……我為了前往第一領域，預計馬上要離開這裡。不過因為被妳姊姊妨礙，目前處於原地踏步的狀態。」

瑞葉對「姊姊」這個詞彙產生反應。

「狂三小姐，華羽姊姊她……是不是不太對勁？」

狂三歪了歪頭，一副傷腦筋的樣子。

「我才認識她不久，無法評斷……」

「說的也是……對不起，問妳這種怪問題……」

「妳是華羽小姐的親妹妹……我沒說錯吧？」

「……是的。我幾乎失去了現實世界的記憶，但只有這件事我記得清清楚楚。那個人是和我有血緣關係的姊姊。」

瑞葉毫不迷惘地回答。

「並非記得妳們姊妹的回憶？」

「是的……只是，搞不好姊姊她記得。不過，她從不曾向我提起。」

瑞葉低下頭。

S級的偶像連憂鬱的表情都美如畫——狂三隱約這麼想，然後發現一個矛盾之處。

「據佐賀繰小姐所說，華羽小姐並不記得有關現實世界的事——」

「……不對，身為妹妹的我十分明白。姊姊並非不記得，而是保密不說。」

瑞葉如此斷定。

「我……對她這種行為感到不滿，而且不安。」

現實世界的記憶。

真要說的話，狂三應該算是還保留著吧。她記得自己該守的道義，知道自己該做什麼。

……明明想不起重要之人的名字，卻唯獨記得仇人之名。

不過，她從未對響說過這件事。說也沒用，只會把氣氛搞得沉重，這也是原因之一——但重點在於這件事很重要。

「……我也有幾件事瞞著響沒說。」

「緋衣小姐嗎……？」

「是的、是的。我十分信賴與我一起出生入死的響。可是，有些話還是沒有跟她說。華羽小姐也是一樣吧。」

無論再怎麼重要的朋友……不，正因為是重要的朋友，有些事才不希望她深入了解。

「我不否定所有事都該互相分享的這種想法。不過，我的生活方式太複雜，以致於我無法輕易認同這句話。」

自己殺了人。

殺人如麻，視人命如螻蟻地殺。一殺再殺，不斷地殺。除掉來報仇的人、妨礙自己的人。無關罪孽多寡。不，或許身為時崎狂三這件事本身就罪孽深重。

不過，自己不後悔殺了人。

……只是不想大張旗鼓地向響宣告。

「所以，妳姊姊應該也是同樣心情吧？正因為妳是她妹妹，有些事實才不想讓妳知道。」

「——是這樣嗎？」

「我也可以問妳一些問題嗎？」

「啊，可以。請問。」

「我聽佐賀繰小姐說，華羽小姐成為支配者後便立刻與妳斷絕往來。妳不恨她嗎？」

瑞葉一臉震驚地瞪大雙眼，搖了搖頭。

「不，我完全不恨她。」

「為什麼呢？通常……不都會恨嗎？一掌握權力就不需要妳了。」

「……不是的，正好完全相反。姊姊成為第八領域的支配者後不久，這裡也像第十領域一樣殺伐不斷，所以我必須立刻離開這裡。因為我不像姊姊那樣適合戰鬥。」

「那麼，是妳自己期望的？」

「是的……多虧如此，我……成為了偶像，還認識了璃音夢和其他準精靈，並且成為第九領域的支配者。所以我並非以妹妹瑞葉，而是以支配者的身分來這裡和她談話。」

瑞葉說完，眼神堅定有力。

「……哦，如果是這樣……」

既然不是以妹妹的身分來撒嬌，而是以一介準精靈來談話。

「我會轉告她的。想必華羽小姐還不知道瑞葉小姐妳來見她的理由吧。即使如此她還是不肯見妳的話，那就是她怠慢不周了。」

「……謝謝妳，狂三小姐。」

「對了，妳認識銃之崎烈美小姐嗎？」

「咦？啊，是的，直到她完全變成敵人為止……」

「華羽小姐可曾向妳提過銃之崎小姐的事？」

瑞葉聞言，露出奇特的表情——一臉惆悵。

「有。銃之崎小姐以前經常去絆王院城裡遊玩，現在已經很難這麼做了吧。雖然姊姊嫌她煩，我卻十分羨慕。」

「羨慕……？」

「因為能讓姊姊發牢騷的，就只有銃之崎小姐了。姊姊一臉開心地抱怨說：『她真累人啊。』老實說，甚至讓我有些嫉妒。」

「哎呀、哎呀。」

狂三心想：真是令人會心一笑呢。同時也納悶為何她會一臉惆悵。

「所以，我現在很難過……我想那兩人再也『無法回到過去』那樣的關係了。」

因為兩人處於對立的立場。

想必聚集在第八領域的準精靈不會允許兩人交好吧。不，與其說不會允許，不如說是絕不能容許。

因為待在這裡的她們將不死程度的「認真」對戰當作生存的理由。

為了防止化為空無，非同兒戲地認真看待。

如果那只是打假仗，事情會變得如何……將會撼動整個第八領域。

任何人物事都將不可信任，有可能發展成互相廝殺，也有可能促進空無化的情況。

而漁翁得利的會是——白女王。

「……我是很想解決這個問題啦……」

狂三嘆了一口氣。為毫不相干的陌生人出頭並非自己的信條。

雖然不是，但自己萬萬不能忍受白女王因此得利。

「可是，要怎麼解決呢……？」

「問題就在這……該如何解決……不，解決得了嗎……」

「時崎大人！」

衝進茶館的，是佐賀繰唯。

「佐賀繰小姐？」

「……緋衣大人她來到了沙灘。她要時崎大人您，那個……出來見她。」

「——哦？」

由於狂三散發出的氣息突然一百八十度大轉變，茶館的店員驚慌得弄掉了托盤，佐賀繰和瑞葉的背後冷汗直流。

「響要我『滾出來』……是嗎？」

「是、是的。莫不是這樣嗎？」

佐賀繰驚慌得語無倫次。

「呵呵，呵呵呵。呵呵呵呵呵。竟敢叫本小姐滾出來，響，妳還真是吃了熊心豹子膽呀。」

狂三舉起〈刻刻帝〉。茶館店員連忙逃進店內深處。

「那麼，瑞葉小姐、佐賀繰小姐，不好意思，我失陪一下。」

「啊，好的。那個……請拿捏一下分寸……」

「好的、好的，那是當然。我會拿捏好分寸，徹底擊垮她。那麼，告辭了。」

狂三從茶館的座位上站起來，拎起沙龍裙的下襬，向兩人告別後便邁步奔跑。

「……緋衣小姐，不會有事吧……」

「在下也難以斷定……不過，對方的確也一副莫名幹勁十足的模樣。」

「唔……不過，就算緋衣小姐幹勁十足，恐怕也……」

即使有一百個緋衣響，恐怕也難以戰勝狂三。

「不過，在下認為至少能報個一箭之仇吧。」

佐賀繰如此說道，明白問題的本質不在於此。報一箭之仇……究竟緋衣響打算用什麼樣的方法來報一箭之仇呢？

這一點就某種意義而言，令人害怕。

◇

緋衣響獨自在沙灘上雙腿大張，氣勢洶洶地站著。要塞並未發出槍擊。看來是因為剛才的宣戰內容，正在待命，等待狂三前來。

「呵呵呵！呵呵呵呵。我雙腳開始發抖了。」

『喔喔，興奮得發抖了嗎？』

「不，我是真的害怕得發抖。不過，只要射破紙靶就是對方輸了。就算是狂三，也不會霸道地做出破壞這領域規則的事！應該吧！」

『這可難說嘍是也～～畢竟我們也有可能在這個第八領域如櫻花般凋謝殞命啊是也。』

「禁止負面思考～～！」

響深呼吸，等待親愛的（？）時崎狂三。若是以三國志來比喻她現在的心情，就好比是等待關羽的小兵。一般來說，那不就等同於等死嗎？

「不、不，才不是小兵。我可是以計策制狂三……說起來，應該算是諸葛孔明的角色。」

「嗯、嗯。」就在響獨自如此深信時——

「響～～？」

關羽來到了她的面前。

時崎狂三與緋衣響在沙灘上對峙。雙方身上的某處都戴著紙靶。

鬥志高昂。接下來，唯有一戰。

不過……響自然心知肚明，正面對決不可能戰勝狂三。這一點，狂三也清楚得很。她臉上之所以浮現壞笑，是因為認為無論響何時進攻，她都有自信能獲勝吧。

「妳好呀，狂三。呵呵呵，沒想到妳竟然在絆王院軍那邊。明明應該是從同樣的地方移動，竟然差這麼多呢。」

響在內心冒著冷汗，先主動攀談。狂三幹勁十足。不過這樣下去，似乎沒辦法讓她中計。

「……就是說呀。」

所以，響決定先攀談。只要跟狂三說話，她便會回應。再怎麼鬥志高昂，若是響怕得發抖就沒戲唱了。

「不過，妳怎麼會加入絆王院那一方呢？」

「純屬偶然呀，偶然。我只是碰巧去了絆王院的地盤。而且妳們那邊重視輩分，絕對服從的氣氛，我有點無法適應。」

「這、這樣啊～～那麼，就只能一戰嘍。」

「是啊。那我就不客氣——」

「不過！」

好險。根本一副想拔槍射擊的樣子。

「不過，狂三，妳不覺得我們這樣簡直就像是——羅密歐與茱麗葉嗎？」

「……妳又～～這麼說了。」

聽見如此悠哉的發言，狂三也不禁鬆懈了下來。

「相愛的兩人被迫分開，不正是我們的寫照嗎！」

「誰是相愛的兩人啊，誰？」

狂三傻眼地聳了聳肩。很好，中計了……響暗自竊喜。

「話說，狂三果然應該是羅密歐吧。」

「我是茱麗葉，這一點我絕不妥協。」

狂三板著一張臉強調。嘴上不屑這個比喻，卻堅持要當茱麗葉呢。

響面帶微笑，繼續接話。不斷微妙地移動腳步，好把狂三慢慢引導到目的地。

「哎呀，狂三不愧是充滿了少女情懷呢。不過啊，真要我說的話，妳的言行舉止對準精靈來說，根本是不堪入目！」

「……這、這是什麼意思？」

「哎呀，因為狂三妳總是那麼帥氣，當然會有人把妳當作羅密歐一樣崇拜。」

響是真心這麼說的。說謊的訣竅是大謊中帶點真話。狂三也配合響的步調，開始慢慢移動。

「那我可真是榮幸呢。不過，我是茱麗葉。只是我跟他們不同，沒有敵對的家人。所以一旦抓住羅密歐，就絕不會放手。」

「真符合狂三的本色呢～～」

「——好了，妳在打什麼鬼主意？」

「呃！」

狂三停下腳步，用槍射擊瞄準的地點。瞬間，沙灘的一部分發出坍塌聲凹陷下去。

「竟然是陷阱，還真是老派呢。」

狂三傻眼地呢喃。她的腳下是響一行人夜裡挖的陷阱。當然，上方有覆蓋一些東西來偽裝，但狂三的眼睛沒有放過任何一個微小的突兀感。

「被、被識破了嗎……可是，我自認為眼神沒有露餡啊。」

「這樣反而不自然。『故意不看某個地方』，就等於在表示那裡有詐。」

得意洋洋地指摘的狂三還沒有發現某件事。

「不過，狂三，這場戰爭是我們贏了！」

響使出的是計中計。第一階段是設陷阱，即使再怎麼細心周到也肯定會被狂三發現。

所以，這個狀況早已在她的預料之內。

而第二階段則是真正的王牌，撲克牌少女黑桃A。

她埋在陷阱底部。身上覆蓋泥土，躲在陷阱底部的她聽著洞邊狂三的聲音來確認她的位置。起身一站，一口氣衝上牆面。

「什麼……！」

黑桃A完全出其不意地縱身躍向狂三的眼前。即使狂三手持〈刻刻帝〉，從她的角度也無法射擊躍入她懷中的黑桃A。

黑桃A手持慣用的刀，以平面狀態刺向狂三的紙靶。

間距明顯很近，但對黑桃A而言卻是順手的距離。

然而——

下一瞬間，事態的發展卻令時崎狂三、緋衣響以及黑桃A都震驚不已。

「命運有時會呈現出意想不到的光景」。

狂三看見衝出的黑桃A後立刻掌握了狀況，判定無法迎擊，但勉強有辦法迴避。

她將身子向後仰，一邊低身後退。

黑桃A當然緊追不捨。不過，刀尖總是差一點才能刺到狂三身上的紙靶。不可避免地，「刀

刃便劃過狂三向後仰的胸前」。

……再次重申。

時崎狂三的泳裝是以紅、黑色為基調的比基尼，外加綁上沙龍裙。

黑桃A判斷無法刺破紙靶後，便反射性地收手。

這一收手，她的刀尖是沒有劃傷狂三，不過──

啪。

「啥？」

「咦？」

『唔？』

刀尖劃過泳裝胸前的繩子，應聲斷裂彈了開來。緊接著，夏日的風毫不客氣地敞開了狂三的胸前。

春光外洩。

時間凍結。

黑桃A、緋衣響和時崎狂三全都不得動彈。

一覽無遺的胸口。無法認知目前的狀況，大腦拒絕理解。

「看光光！」

響大喊。

這才讓狂三回過神來。

她滿臉通紅，連忙遮住胸口蹲了下來。黑桃A見有機可乘，毫不猶豫地刺穿紙靶。

『好耶！是也！』

「怎、怎麼這樣……！響！……響……？」

狂三怒不可遏，正想修理響一頓時卻突然停下。黑桃A也跟著回頭。

緋衣響七孔噴血。

露出一臉滿足的表情。

尷尬沉默的兩人面面相覷。狂三用手按著比基尼，低喃一句：

「……這算是我輸了嗎？」

『當然算啊是也。』

「我無法接受……」

響一臉平靜幸福，眼、耳、鼻流著血。

「乍看之下，還真像感染了超凶惡病毒的患者呢。」

『啊～～……』

◇

響清醒後，發現狂三面如菩薩，一臉慈眉善目地在等著她。這狀況不管怎麼想還不如她大發雷霆得好，響立刻做好受死的準備。

「妳醒了呀。」

狂三聲音沉著冷靜。響思慮片刻後，戰戰兢兢地詢問：

「那個，我不記得剛才發生什麼事了……妳贏了嗎？」

「我好像輸了呢。」

「喔喔……不過我為什麼會……奇怪？手紅紅的？」

「不，不只手，妳全身都紅紅的喲。」

狂三拿小鏡子給響照。響的全身染得一片通紅，宛如被人潑了一身血。

「狂三……妳這樣未免太過分了吧……」

「妳要把責任推到我身上隨妳便，不過這是妳自作自受吧。」

「咦，真的假的？」

『真的是也～～』

黑桃A也加入談話。

「咦！所以說，我無緣無故就自己流血嘍？我是感染了什麼威力超強的病毒嗎？」

……狂三目不轉睛地觀察響。

「妳不記得了嗎？」

「啊～～呃～～……我記得陷阱的事被識破。然後，躲在陷阱底部的黑桃A發動奇襲……」

「沒錯。」

「之後的事我就完全記不得了！」

響挺起胸膛；狂三按住靈裝的胸口，十分懷疑地望向她。

『很可疑喔是也……』

「……哎，既然不記得就算了。不過，真是氣死人了。」

狂三瞥了黑桃A一眼。

「另外，妳又是怎麼回事？」

『這在下一時也不知如何說起是也……』

「凱若特人呢？」

『主人凱若特大人逃之夭夭時，只有在下被逮個正著是也。然後因緣際會就成了緋衣中校大

人的副官了是也。在下明明還只是中士呢。』

「原來是這樣啊…………中校！」

「沒錯，我是中校喔，中校！」

「第九領域也是，響不管在哪裡都能出人頭地呢……」

狂三傻眼地嘆了一口氣。

「呃，所以……狂三，妳願意承認妳輸了嗎？」

響小心翼翼地詢問。黑桃A憂慮不安地在一旁觀看。畢竟是以下流卑鄙的奇襲取勝，若狂三大發雷霆不肯認輸也無可奈何。

不過，響倒是胸有成竹地認定她勢必會認輸。

「——沒辦法，畢竟紙靶被刺破是事實，是我輸了。以後，我不再插手干涉第八領域的戰爭遊戲。」

狂三雖無情卻不卑鄙，不會做出惱羞成怒，不肯認輸的行為。

若是互相廝殺，狂三肯定會不擇手段擊潰對手，但這只是戰爭遊戲，她不會做到那種地步。

「太、太好了……得救了……」

「哎呀，此話怎講？在妳眼裡，我是會因為戰敗這種小事就欺凌妳的心胸狹窄的人嗎？」

「不、不是啦……」

響的臉抽搐了一下。

緋衣響這名少女其實——從頭到尾「記得一清二楚」！雖說興奮得失血昏倒這件事出乎她的意料，但在那之前發生的事，她可是連細節都記得清清楚楚！

不過，但是——

如果這件事東窗事發，時崎狂三肯定會面帶微笑給予自己嚴厲的懲罰。

一個不小心，搞不好還會因為身體上受到的撞擊而促進失憶。

問題在於狂三早已心存懷疑。她從剛才就時不時對響投以懷疑的目光便是最好的證據。不過，她還沒有百分之百確定。也就是說，之後狂三肯定會三番兩次來套話。

（要是被她套出話來……就死定了……！）

響緊張得全身冒汗。

「……妳流汗了喲，響。」

「因為是夏天嘛。而且，剛才跟妳對戰太費勁了。」

響若無其事地開口說謊。

勝負轉換到第二階段，也就是——要怎麼擺脫狂三的訊問與分析。

萬萬不能被時崎狂三發現自己將她胸前的春光盡收眼底。

「我說，響，妳真的什麼都不知道吧？」

狂三臉上漾起柔和的笑容詢問。

「是，那是當然……這麼說來，妳的手幹嘛擺在那裡？」

響確定狂三果然起了疑心。她之所以用手按住胸口，當然是因為繩子斷掉。照理說對這件事一無所知的響，再繼續裝傻下去可就會引人疑竇了。

「……妳還真會裝呢。」

「怎麼這樣說呢，我是真的不知道嘛！」

狂三站起身。

「我去通知華羽小姐戰敗的事實。妳們要回叛亂軍的陣營吧？」

「咦，妳這就要走了嗎？」

響反射性地不再裝傻，提出這個問題。狂三一時之間感到困惑，但隨後臉上浮現唯我獨尊的邪魅笑容，輕輕掐了一下響的臉頰。

「妳還是我們的敵人吧。尤其是響，妳是不是忘了一件事？」

「咦？」

「出來吧，『岩薔薇(我)』！」

轉瞬間，時崎狂三的分身岩薔薇便打著呵欠從影子中登場。

「大家好呀，然後慢走不送。」

她莞爾一笑，舉起水槍。

「呀————！」

『也太突然了吧是也————！』

兩人驚慌失措地逃之夭夭。狂三朝兩人的背後大喊：

「妳別以為妳這次就順利贏了～～！還有，響，等這場戰爭結束後，我再來好好訊問妳，不對，是好好聊一聊吧～～！」

「嗚哇～～我真的什麼都不記得了啦～～！」

這句話當然是假的。

對於說謊、裝傻欺騙狂三的這種狀況，響感受著奇妙的快感與內疚，並且跳上小船。

◇

「——登陸成功，全體人員都到齊了吧？」

藤堂少尉說完，士兵們點頭回應。因為緋衣響與神祕的撲克牌登陸，似乎引起一陣騷動，好在站哨的人不多。

「大家確認自己的無銘天使，互相確認靈裝有沒有損傷。」

她們將無銘天使改造成典型的戰鬥專用型，靈裝也換成方便潛入的樣式。

首領藤堂帶著充滿悲愴決心的眼神說：

「不能讓這個第八領域淪落成第十領域那樣，也不能落入白女王的手中。為了維持這個領域的和平與秩序，我們要狠下心，毫不心軟地殺死緋王院華羽。」

少女們點點頭，用纖纖玉手緊握住自己的武器。

「我們，大概會死吧。」

——她們原本就沒有考慮過殺死緋王院華羽後的下場。

「不過，我們的死是有意義的。」

——只確定自己一定會喪命。

「這個領域其實比其他領域都要和平。第九領域太過和平，無法適應；第十領域又太過嚴酷。話雖如此，卻也無法抵達第七領域或第六領域。這樣不上不下的人迫不得已聚在一起，然後——自由競爭以便生存下去。」

希望跟人競爭，卻不想與人廝殺。

還是有點害怕消失。不過，過於和平又很無聊。

第八領域對這些準精靈而言，無疑是樂園。

而企圖破壞這個樂園的，就是那個緋王院華羽——

「據報告所說，明天是最終決戰。我們必須潛入叛亂軍，無所不用其極地殺了她。」

——彼此宣誓。

心臟劇烈跳動，思緒因恐懼與激昂而亂如麻。

「殺了絆王院華羽，殺了『淪為白女王走狗的她』。」

藤堂少尉與部下們的決心堅如鐵石，強韌有力。

而且，堅信這個決定是正確的。

◇

「……妳說打敗了時崎狂三？」

「是的，過程十分驚險。」

「幹得好！直接升上校了，上校！比我低一階而已！」

銃之崎烈美拍了拍響的雙肩。

「啊，好的。多謝您的提拔。不過，沒有其他上校了嗎？」

「沒有！」

銃之崎自信滿滿地挺起胸膛。

「重要的是，明天終於就是最終決戰了呢！各位，要再次挑戰那座要塞和城池了！這次，我們勝利在望！」

因快速排除勁敵時崎狂三，叛亂軍的士氣達到顛峰。

銃之崎致詞一番後，對響和黑桃A咬耳朵：

「……我有話跟妳們說。」

兩人隨著銃之崎進入作戰會議室。

「您要說的話是？」

「嗯……我想這次應該能打到絆王院華羽那裡。」

「是的……應該沒問題。」

『在下謹遵吩咐是也。』

「所以啊……接下來該怎麼辦才好？」

銃之崎像是放學後被留下來課後輔導的少女一樣，露出一籌莫展的表情如此說道。

「這話是……什麼意思？」

「老實說，我一心只想打敗華羽兒，根本不知道接下來該怎麼辦！」

銃之崎挺起胸膛，洋洋得意地說道。

沉默。

響和黑桃A直覺不妙。

「……銃之崎大將，您該不會……」

『沒想過打倒絆王院華羽後該怎麼辦吧？』

「話說，您剛才稱呼她為華羽兒對吧……妳們是朋友嗎！」

「是啊。嗯，呃～～……我哪有心情說啊。」

「那是當然的啊！大將之前竟然和大魔王是朋友，叛亂軍的士氣會直落谷底吧！」

「咦，不是之前啊，我現在依然認為我們是朋友。」

「竟然來這套啊～～！聽好了，銃之崎大將，一般來說，你們這就像在打假仗耶。」

最大的問題就在於這一點。叛亂軍的準精靈應該都認為這是賭上第八領域霸權之戰。即使不是互相廝殺，也是認認真真的對決。

若銃之崎與絆王院兩人是朋友，事情就完全變了調。

再加上叛亂軍過去一路打敗仗。不是有勝有敗，而是一次也沒有打贏。

換句話說，這代表──「莫非勝負事先就講好了」？會陷入被如此懷疑也百口莫辯的狀況。

「妳說什麼！我跟叛亂軍任何時候都是認真打仗的！」

「看起來認真才是問題所在好嗎……」

『這下子非贏不可了是也……』

響與黑桃A同時抱頭苦思。先預想最糟糕的事態。若認為打假仗的這種想法擴散出去，勢必會對準精靈的心靈帶來嚴重的壞影響吧。具體而言，就是加速空無化。

倘若雙方陣營潰散得無法競爭——

這個領域就徹底完蛋了。

「……我還不能跟華羽兒好好相處嗎……？」

銃之崎戰戰兢兢，侷促不安地問道。「唔！」響低聲呻吟。如今在眼前的，並非平常那個坦率直爽、自信滿滿的領袖，而是一個因長久無法與朋友交流而痛心的平凡少女。

『義姊大人……這、這該如何是好是也？』

「……現、現在，看來只能……繼續瞞下去了……」

「華羽兒~~……」

作戰會議室中輕聲響起三人的三種哀嘆聲。

◇

「輸了？」

「輸了呢。」

緋王院華羽嘻嘻嗤笑。狂三一副鬧彆扭的樣子撇過頭。

「想不到妳這麼容易就被打敗了呀。我還當妳是祕密武器哩。」

「我對自己的能力太自負了。好的、好的，隨妳調侃吧，我絕不吭一聲～～」

狂三如此說道，呈大字形往榻榻米一躺。

不過，華羽並沒有特別責備她，只是想知道她是怎麼被打敗的。

狂三不願回答，但拗不過華羽一再的追問，無奈之下終於鬆口吐出因為比基尼繩斷裂，反射性蹲下而敗北的事實。

華羽的反應十分激烈。

哈哈大笑，爆笑不已，拍手喝采。

「啊！哈！哈！哈！哈！哈！哈！哈！哈！哈！哈！哈！」

「妳笑得太誇張了，笑得太誇張了。」

華羽按住肚子，在榻榻米上前後左右滾來滾去。

「笑得我肚子都要抽筋了……唔……」

狂三以陰鬱的眼神譴責華羽。華羽不知何時也和狂三一樣呈現大字形，仰望著天花板。

「不過，這下可傷腦筋了哩。我這次可能真的會輸。」

「輸了也無所謂吧？」

「……這怎麼可以。我說什麼——也是第八領域的支配者，『只能贏，不能輸』。」

狂三呆愣地凝視著天花板的木紋。

覺得其中一個木紋看起來好像一張人臉。

「妳不覺得那個木紋很像一張人臉嗎？」

「哪一個～～？」

華羽朝狂三指的方向望去。

「啊～～我覺得那比較像黑貓。」

「我反對，哪有那麼恐怖的貓呀。」

狂三立刻回答。不知這有什麼好笑的，華羽竟然哈哈大笑。

「原來妳喜歡貓啊。」

「是的、是的……還算喜歡。」

狂三難為情地撇過頭去。華羽心想：肯定不只還算喜歡，而是超級喜歡吧。

「我喜歡狗～～瑞葉很像狗唄？」

華羽語氣輕鬆地說道。狂三想起瑞葉。

「嗯～～……那孩子比較像貓吧？」

「不對～～是狗。絕對是狗。」

「……妳該不會喜歡狗吧？」

「那是當然。」

既然如此，應該也喜歡瑞葉吧。

「妳見見瑞葉不就好了？」

「事到如今還見什麼面。」

「……現在不見她，妳應該會後悔吧？」

「還有時間啊。」

華羽說完笑了笑。聽響說，只是頭髮開始變白，確實還有不少時間。之後會一點一點地慢慢變白。

「時間一下子就沒有了喲。像我，有再多時間都不夠。」

「啊啊……因為『時間』是妳的武器嘛。」

「那妳的武器呢？」

「我的武器是風和櫻花。」

「哎呀，不合季節呢。」

「就是說呀～～」華羽哈哈大笑，然後突然開口問：

「……狂三，妳能關注我直到最後嗎？」

「妳的意思是……最後嗎？」

「嗯。怎麼樣？」

「我會見證這場戰役是誰勝誰負。不過——」

恐必無法留到華羽期望的「時間」。

「我希望妳見證我死亡的時刻。」

華羽如此說道，再次笑了笑。

「妳一定不會消失。這種人反而活得久。」

「妳是在鼓勵我嗎？人真好。」

「怎麼可能。」

狂三冷冷一笑。

「反正妳會活得長長久久，我就早點前往第七領域吧，等這場愚蠢的騷動結束後。」

「這樣啊～～」

華羽並未責備或懇求狂三。

「總覺得啊～～我們這樣……好像享受暑假的女高中生哩。」

「……嗯，對啊。」

「我們是同班同學，像這樣無所事事。」

「如果我和妳是同班同學，感覺不會有任何交流呢。」

「那可不一定喔。我也是好人家的千金小姐，感覺會在班上組成小團體對立呢～」

「啊～～……的確有可能。」

狂三點頭表示認同。華羽幻想似的低喃：

「學妹有瑞葉，然後，再加上小烈和緋衣響好了。」

「響是我的跟班之類的。感覺會說出『不愧是狂三』這種話。」

「她是這種角色嗎？然而妳卻輸給了她。」

「……要妳管～～」

華羽與狂三望著天花板，天南地北地聊。

「小烈她的名字啊，是我幫她取的。」

「這我之前已經聽妳說過了。還有，我上次忘記告訴妳……妳取名字的品味還真獨特呢。」

「妳這是在諷刺我吧……不過，我當時也是開玩笑取的，沒想到她開心得很……」

「做人不要太過分。」

「是呀。我真是個過分的傢伙哩。」

蟬聲逐漸轉換成暮蟬。

「啊，傍晚了。」

「這蟬實際上並不存在吧？」

「沒錯。說到日本的夏天，還是不能缺少蟬聲唄。所以我就拜託第九領域的準精靈製作。」

「還真是講究啊……」

話雖如此，狂三也認為蟬鳴聲聽起來還不賴。

「是夏天哩～」

「是夏天呢。」

時間淡淡、靜靜地流逝。

感覺漫無止境卻又稍縱即逝的一天，就這麼過去了。

不可思議地，狂三卻覺得這樣並不壞。

真是稀奇呢，竟然會像這樣渴望休憩的時間。

「一定是因為……夏天。」

狂三的低喃被暮蟬殷切的鳴叫聲掩蓋過去。

○戰爭遊戲真可愛

——於是，戰爭再次開打。

雖說打倒了時崎狂三這個最大的障礙，但要塞和絆王院城依然健在。不過，這次銃之崎軍的士氣軒昂，加上緋衣響冷靜且正確的判斷力，銃之崎軍氣勢洶洶地湧入沙灘。

「唔……跟以前不一樣……！」

「被～～幹～～掉～～了～～！」

絆王院軍發出哀號，紙靶接二連三被射穿。而先前位於後方的銃之崎也躍居最前線。絆王院軍被她強烈的氣勢所震懾。

「別怕～～！全速前進！全力前進！愉快痛快地哈哈大笑！」

就連她莫名其妙的言行舉止，對情緒高漲的叛亂軍而言也如同勝利的號角。

銃之崎的一舉一動都令叛亂軍歡聲雷動。

激烈、豪邁、雄壯，以及美麗。有種野性美，奮戰少女的美。

「這下子……贏定了！」

一名部下對響如此說道。響雖然嘴上回應：「不可大意。」內心卻也認為勝券在握。

勝者能感受到生命，因勝利而感受到生命，因戰鬥而感受到生命。

敗者也一樣。即使戰敗，依然會因為戰鬥而實際感受到自己存活於世界上。

她們就宛如銜尾蛇，不斷戰鬥——存活於喜悅之中。

要塞終於淪陷，華羽率領本隊從絆王院城上陣。在要塞重整陣營的叛亂軍也再次展開進擊。

於是，兩軍在絆王院城前的平原相對。

「絆王院華羽————！在嗎————！」

絆王院華羽回應銃之崎的呼喚，慢步現身。威風凜凜的銃之崎烈美，與妖豔典雅的絆王院華羽。華羽搧著扇子開口：

「真是吵鬧呀。銃之崎，妳又來吃敗仗了嗎？」

「笨蛋，當然是來打勝仗的啊！我已經戰敗了好幾十次，這次終於勝利在望了！」

「……是啊。存活下來的叛亂軍比平常多五倍左右，要塞好像也被攻陷了。」

以往抵達這裡時，叛亂軍幾乎已確定敗北。她們平常的狀態是無法攻陷要塞，連滾帶爬地抵達這裡……受到要塞與大本營的挾擊，原本就已經夠少的兵力漸漸削弱，根本反擊不了，就這麼敗北。

然而，這次不僅攻陷了要塞，還以倖存的狀態來到了這裡。毋須在意背後的攻擊，甚至還將士兵留在要塞，以砲擊支援。

而且兩軍的士兵數量幾乎相同。

此外，除了絆王院華羽之外，絆王院的軍隊實戰經驗都不足。

這是以往勝之不武所留下的弊病。

不過——絆王院華羽紋風不動。

「可是啊，我們可沒有柔弱到憑這點程度就戰敗。對吧，各位？」

華羽沉穩的笑容令絆王院的士兵不寒而慄。有時恐懼不只能掌控人，也能帶給人力量。

即使受傷，也要利用恐懼使其奮起。華羽的視線擁有這種力量。

絆王院軍輸人不輸陣地發出震天價響的怒吼。而叛亂軍也毫不畏懼，一一舉起改造成非殺傷狀態的無銘天使。

「這次一定要獲勝！」——銃之崎。

「這次也一定要打敗妳。」——絆王院。

雙方吹響號角。

銃之崎大喊：「全軍突擊！」絆王院回應：「幹掉她們！」

不死戰爭就此開打。

「瑞葉小姐～～從這裡可以看得一清二楚喲～～」

時崎狂三找到俯瞰戰場的懸崖後，朝瑞葉揮了揮手。瑞葉連忙跑過來，納悶地歪了頭。

「時崎小姐，妳不參戰嗎？」

「……一言難盡啊。」

「瑞葉大人。」

站在一旁的佐賀繰唯在她耳邊竊竊私語。瑞葉開口「啊！」了一聲，連忙低下頭。

「不好意思，時崎小姐。」

「……不，沒關係啦。」

既然對方老實地道歉了，自己也不好回嘴。如果是璃音夢，這時肯定會「啊哈哈哈哈！原來妳輸了喔，啊哈哈哈哈！」地嘲笑自己，那麼自己就能盡情地折磨她了。

「目前的戰況……啊啊，果然是叛亂軍占上風呢。」

「不、不過，華羽姊姊可是叱吒沙場喔。」

叛亂軍是由銃之崎統率周圍的士兵，一點一點地消滅絆王院軍。而絆王院軍這方則是由華羽單槍匹馬大顯身手，形成戰場的混亂。

岩薔薇也加入了絆王院軍，但華羽的強大依然是出類拔萃。

扇子一揮便出現無數的櫻花花瓣，乘風飛揚。儘管是小小的花瓣，一碰到便會釋放出強烈的

力量，一瞬間穿破紙靶。

「防禦！進入防禦狀態！包圍華羽，專心防守～～！」

響一下達指示，她的直屬部下們便同時採取行動。

雖然只是拿起鐵板加工而成的粗糙盾牌，卻擋下了華羽的攻擊。再怎麼樣，櫻花花瓣也無法貫穿鐵片。

「衝上去，然後待命！」

「Yes, sir！」

士兵們聽從響的指示，包圍華羽。

「緋衣上校！快阻止她們！否則華羽就要大鬧一場了！」

聽見銃之崎的警告，響連忙想變更指示——然而，慢了一步。

「沒辦法了。可能會痛得哭出來，妳們就忍耐忍耐唄。」

華羽採取行動。

她隨意地朝團團包圍的鐵盾一角鑽去。

「滾開！」

然後用扇子刺向盾牌。盾牌宛如紙張一樣碎裂，同時持盾的士兵也被用力震飛。

「咦……咦～～！」

周圍的士兵一臉愕然。華羽輕而易舉便突破了包圍網。

「追、追上去～～！然後再遠遠包圍！」

響下達指示。不過，士兵們已被華羽強大無比的力量嚇得僵在原地，動彈不得。

「我來壓制華羽！妳們只要包圍住四周就好！」

銃之崎大叫，開始追蹤華羽。

「緋衣上校，就交給妳指揮了！別擔心，已經幹掉了一半的勢力！之後只要模仿我指揮就好了！」

「知道了～～！」

於是，銃之崎烈美衝向絆王院華羽，兩人相遇。

「嗨～～然後慷慨赴死吧！」

「妳還是如此粗俗哩！」

機關槍型的無銘天使氣勢洶湧地「噠噠噠噠噠」發射水柱，瞄準華羽頭上的紙靶。

不過，華羽用扇子把那些排山倒海射來的子彈全數擋下。

周圍是盾牌的包圍網。

銃之崎高聲、愉悅、天真無邪，讓人以為是小學生在競爭般爽朗地吶喊：

「這次是我們贏了！」

「這次也是我勝利！」

華羽愉快、開心地回應。

水槍射出水柱；扇子飄散花瓣。銃之崎一邊躲避一邊接近華羽。誰都無法插手，宛如龍捲風般的激戰。

「——瞄準的明明是紙靶，卻像廝殺一樣激烈呢。」

也難怪狂三會如此讚嘆。雖說子彈是水柱和花瓣，卻擁有一掠過便會出血的破壞力。瑞葉祈禱般注視著兩人交戰。

「佐賀繰小姐，妳認為哪一邊占上風？」

「……這個嘛……」

她欲言又止，瞥了瑞葉一眼，看見瑞葉點點頭後才開口回答：

「銃之崎大人。」

「哎呀，我們意見一致呢。」

「……華羽大人的集中力比平常散漫，簡直像在表達……輸了也無所謂。」

「就是說呀。不過，這麼想如何？『平常只是她太裝腔作勢，真正的她就這點實力』。」

「什麼——」

「……她肯定等了很久吧。」

雖然這種事並不常見。

假設有一名少女為了某人而變得堅強，一直努力死撐，直到有人前來打敗自己。

心想不能被不認識的陌生人打敗，因此不斷逞強——

而如今，終於願意被某個熟識的人打倒。假設是這樣——

——真的好強啊。

華羽不禁讚嘆。倘若這是互相廝殺，自己大概已經死了四次。光要守住紙靶就已竭盡全力。

既然要打倒自己的人是她，就毋須繃緊神經。

因此，總是慢了一步。

這令華羽又開心又有些悲傷。銃之崎大概認為她變弱了吧。不過，並非如此。

大概認為是因為她自己，讓華羽無法發揮本來的實力吧——相反，正好相反。

——自己的實力原本就只有如此而已。

拚命掙扎、努力、逞強，自己是這麼生活過來的。

那是為了瑞葉，為了仰慕自己的少女們，或是為了大義。

不過，這些都要結束了。

盡興的戰爭遊戲也要結束了。

不對，其他人保持不變，持續下去便可。但自己——已經夠了。

清算，關店，做最後的檢查，播放打烊音樂。

扇子一閃、二閃、三閃。銃之崎都在千鈞一髮之際避了開來。感覺自己的動作都被看穿了——不，肯定被看穿了。

對方肯定看過無數次影像或什麼東西，研究過華羽的動作吧。自己如果這樣攻擊，她就這樣迴避，攻擊遭到迴避的情況下會這樣行動，她便利用此攻勢進行反攻——

簡直令人開心得掉淚。

會想永遠繼續下去肯定不是自己多心。

啊啊，可是——

有終才有始，有始才有終。

絆王院華羽與銃之崎烈美交手後不久，便要結束。

「——無銘天使〈櫻劾散華〉．『小嵐』。」

被盾牌包圍的決鬥場上出現了真正的龍捲風。櫻花花瓣不斷飄落。

華羽毫不猶豫地使出不只能撕裂頭上的紙靶，甚至有可能撕裂全身的厲害招式。

銃之崎狂妄一笑。

「我早就看透妳那招了啦！」

她如此大喊，同時發動自己的無銘天使。

「——無銘天使〈鐵火風雷〉！『砲(Cannon)』模式。」

機關槍的形狀逐漸改變。口徑變得更大，槍身早已切換為砲身。銃之崎將那只巨形大砲設置好後大喊：

「全體人員，散開！」

雖然不是響下達的命令，但聽見比響更充滿威嚴的吶喊聲後，包圍四周的盾牌士兵轉眼間便離開了現場。

銃之崎心裡有數。華羽釋放完龍捲風後，大概是因為消耗了大量靈力，所以停下了動作。無法逃跑。

……若是平常，自己可能不會再採取任何行動。假如華羽使出的是真本事，那一片片花瓣便會化為剃刀，割碎自己的全身……即使不這樣，只要被捲進那道龍捲風，也會立刻敗北。

不過，銃之崎有貫穿那道龍捲風的大砲。

無法看見龍捲風的另一頭是什麼模樣，但是——

「華羽，我知道妳就在那裡！開火！發射！射穿吧！」

銃之崎看穿了華羽的位置。

火砲發出低吟，發射特大號水彈。砲彈絲毫不把龍捲風放在眼裡，筆直朝華羽飛去。

「啊————」

憑感覺就能知道，肯定直接擊中了紙靶——何止穿了個洞，應該整個紙靶都被擊飛了吧。龍捲風逐漸消失。

回過神來後，發現周圍的每個人都屏息注視。停止戰鬥，只是在一旁觀看。

「啊啊……」

絆王院華羽從未被擊破的紙靶連邊框都沒留下，整個被擊飛。

華羽以有些冷靜又安心的語氣宣布：

「我輸了。」

歡聲和哀號同時爆發。

「竟然……輸了……」

瑞葉癱軟無力地頹倒在地。佐賀繰唯連忙抱住她，對狂三說道：

「這下子……第八領域的支配者將由銃之崎烈美擔任。」

「是啊……照理說，這次該換華羽小姐成為叛亂軍吧？」

「是的。因為戰敗，也會出現反抗者吧……」

話雖如此，兩人以毫釐之差分出勝負是不爭的事實。

再加上這次不尋常的要素太多，想成是偶然戰勝一次也不打緊吧。

「……可是，華羽小姐似乎要退位了喲。」

「咦……！」

唯和瑞葉連忙望向戰場。

華羽拍了拍灰塵，站了起來，面向銃之崎。她輕聲嘆了一口氣，表情卻有些爽朗，說道：

「唉～～終於吃了敗仗哩。」

「怎麼樣，服氣嗎！」

銃之崎面帶笑容，比出V字手勢。華羽見狀，苦笑著點了點頭。

「是、是。妳贏了、妳贏了。絆王院城，不對，是銃之崎城就讓給妳唄。」

「咦？真的嗎？」

銃之崎歪頭表示懷疑。面對她的反應，華羽越來越受不了。

「……妳以前到底是為了什麼而戰啊？」

「沒有啦……就是為了勝利啊……戰勝之後的事，我完全沒在想……」

華羽露出一副傻眼的表情嘆息。

「反正，我再一一教妳支配者該做什麼事。」

「咦～～……我要當支配者嗎？」

「這是當然啊，因為妳打贏了。畢竟戰勝就得負責。如果戰勝了還什麼都得不到，跟隨妳的士兵們未免也太可憐了唄。」

銃之崎一副鬧彆扭的樣子，把頭撇向一邊。華羽笑了笑，心想她真像個孩子。

「那麼，聽好了，各位。我輸了，光明正大地被打了個『落花流水』。不服氣的話，就靠自己的力量打敗銃之崎。」

聽見這句話，四周騷動不已。

大概是因為平常總是勝負固定，所有人似乎都搞不清楚狀況的樣子。

無奈之餘，響只好舉手發問。

「那個～～……所以說，接下來該怎麼辦？」

「接下來嘛……」

正當華羽準備開口時，銃之崎像是要制止她一般突然大喊：

「開派對！」

「……派對？」

「因為啊，我們打贏了耶。既然如此，接下來就要越位（Offside）吧！」

「……妳應該是想說比賽結束，化敵為友吧？」

狂三走了過來，有些傻眼地問道。「也可以這麼說～～」銃之崎吹了吹口哨蒙混過去。

「……隨妳便。我已經不是支配者了，妳才是支配者，往後就由妳來治理第八領域。不過，當然還是得繼續戰下去就是了。」

「咦，麻煩死了……」

華羽狠狠瞪了銃之崎一下，她立刻縮起身子。

「知、知道了，知道了啦！打贏了就要負起責任。好，那麼我以支配者的身分下令，絆王院軍的人也一起來開派對！」

說完，周圍的人儘管感到困惑，還是發出歡呼。

戰爭結束了。雖然以後勢必還會繼續開戰，但因為一大活動結束了——稍微嬉鬧一下也無妨吧。

◇

派對會場選在沙灘。在剛才打仗的場所開派對也是殺風景，但絆王院城也容納不下所有人。

選在沙灘，還有種ＢＢＱ的氣氛。

既然是夏天，又穿著泳裝，還有水槍可以玩。

起初絆王院方和叛亂軍方氣氛還有些尷尬，但交戰不到玩命的地步，對她們而言，心情也算輕鬆吧。

不久便像極其普通的少女們開派對一樣，開始喧鬧了起來。

狂三與響兩人在不遠處。

「哎呀～～終於見到面了呢！」

「是的、是的。好久不見了呢。話說，妳還記得我泳裝敞開的事嗎？」

「……不！完全沒印象！」

狂三以水往低處流般的自然態度，執拗地試圖質問響有關泳裝的記憶。響在心中嚴厲地告戒自己，一旦疏忽大意可就輸定了。

「是嗎……先不談這個了，戰爭總算順利結束了呢。」

「我肩上的重擔也卸下了。我已經受夠當什麼上校了。」

「有什麼關係呢，妳就當妳的緋衣上校，在第八領域時勝時敗，悠悠哉哉地生活下去，不是很符合妳的個性嗎？」

「哈哈哈，怎麼可能～～」

響拿起剛才在派對會場上製作的煙火說道。

「難得有這個機會，要不要來放煙火？」

「真有情調呢，非常樂意。」

狂三若無其事地接下響遞過來的煙火。點火後——紅、藍、黃，五彩繽紛的火光照亮夜晚。

「啊哈哈哈哈！真～～好～～玩～～！」

響雙手拿著棒狀煙火轉來轉去，情緒異常高漲，是因為戰爭結束了嗎？

「別亂揮煙火啦，真是的。」

狂三如此斥責她，自己也在空中揮動著棒狀煙火。她用煙火寫字。

不過，問題在於她依然不知道那個文字是什麼。名字，自己怎麼樣都想不起名字。就像腦袋被挖出來一樣，唯獨想不起那個人的名字——

「算了算了。應該正面思考。」

通往現實世界的道路千里迢迢。

即使如此，對那個人的愛戀卻絲毫未減。

只是——這個溫暖得令人不禁想打盹兒的世界，總是令自己心情鬆懈，不由得心想：就這麼在這裡休個長假也好。

「響，別再玩煙火了。」

「咦～～」

響雖然嘴上發著牢騷，還是把手上的棒狀煙火插進水桶。

「該去拜託新上任的支配者銃之崎小姐打開通往第七領域的門了。感覺在這裡……待太久，會使人怠惰。」

「唔……妳真是會戳人痛處呢，狂三。」

這個第八領域比其他領域更加快樂無比。

就連嚴苛的訓練在盡情流汗之後，也覺得不怎麼辛苦。不需互相廝殺，不需載歌載舞，因此精神也較不容易疲勞。

再加上——畢竟是夏天嘛。

炎熱的夏天持續不斷，感覺這整個第八領域都在呢喃著「休息也無所謂」。

不論是熊蟬鳴叫的白晝、暮蟬鳴叫的黃昏、靜謐無聲的夜晚——都令人不由得想起暑假。

「啊，狂三，煙火，是煙火耶！」

「煙火已經玩過了吧——」

響硬是把狂三的頭轉向大海的方向。狂三這才理解響想表達的意思。

「……那種煙火，是什麼時候準備的？」

「據說是很久以前，為了戰勝時準備的。好像是大海另一頭的留守組收到勝利通知後，從倉庫裡挖出來的。」

夜空中綻放出一大朵向日葵。是高空煙火，而且是超大型。

少女們發出歡呼。

此時此刻，已經不分絆王院軍還是叛亂軍。

只要一個勁地欣賞這絢麗得令人震撼的美——就心滿意足了吧。

「好了，走吧。」

「妳不看了嗎？」

「沒必要看。」

狂三在心中補充一句。想一起欣賞煙火的人並不存在於這個世界。

重點是——在這片天空欣賞的煙火太過美麗，令人不禁想停步佇足。

「銃之崎小姐在嗎？」

狂三朝一名發出歡呼，欣賞高空煙火的叛亂軍準精靈問道。

「首領她好像在要塞另一頭的茶館跟絆王院華羽聊天。」

「哎呀。」

『喲，您要去找銃之崎大人嗎是也？』

原本躺在沙灘上的黑桃A輕盈地站了起來。

「是的。黑桃A也要一起去嗎？」

夜空中綻放一大朵向日葵。
稍縱即逝的花火充滿天空——

面對響的邀請，黑桃A點頭答應。不對，是撲克牌稍微彎曲了一下。

『好呀是也……這裡很危險是也……』

仔細一瞧，她的身體到處焦黑，大概是被煙火噴到的吧。

「紙很容易燃燒呢……」

『真希望至少是塑膠製的……！』

黑桃A愕然跪倒在地……不，是撲克牌彎曲了紙面。

◇

一群準精靈逐漸煙消雲散。直到最後都留戀不捨，直到臨終都懷抱著怨恨。不過，絆王院華羽無暇顧及她們。

「小烈！」

華羽奔向銃之崎，抱起她的上半身。銃之崎體溫冰冷得令她心頭一顫。

靈裝逐漸瓦解。

「振作一點！欸，小烈……喂！」

兩人突然受到奇襲。

華羽約銃之崎到茶館。由於準精靈正在參加烤肉派對，茶館一片漆黑，闃寂無聲。

「咦～～機會難得，人家想好好熱鬧一番，華羽兒也一起來玩嘛。」

「我也很想參加，但我有一大堆事情必須先告訴妳才行。」

像是新上任的支配者該做什麼事，緊急事態發生時該如何處理，與各領域支配者之間的關係，還有其他等等事情。

「好麻煩喔～～……」

「不行。明明贏了，妳們還回去當叛亂軍的話，會破壞第八領域的平衡。『打了勝仗也沒有意義』，就等於把周圍的人都變成空無。」

銃之崎鼓起臉頰表示不悅。從她嘴上嫌麻煩卻規規矩矩地記著筆記，可看出她認真正經的態度。

「下一次就要打防衛戰了～～我們彼此的狀況將截然不同。」

「有差那麼多嗎？」

「差得可多了哩～～那種……」

「啊～～感覺會說個沒完，那是我自己應該去摸索的事情。跳過、跳過。」

這次換華羽氣鼓鼓了。銃之崎倒是一點也不在意的樣子，大聲說道：

「不過，我們好久沒有像這樣聊天了呢！」
「是呀……誰教妳老是吃敗仗唄。」
華羽調侃道。於是，銃之崎把臉撇向一邊。
「我這次打贏了好嗎！」
「是、是。好棒、好棒。」
突然「砰」一聲巨響，兩人嚇了一跳，往外望去。
沙灘的遠端，叛亂軍的所在處發射出一大朵煙火。
「喔～～……」「哇～～……」
兩人同時發出讚嘆聲，這畫面總有些令人發笑。
「妳竟然有那種東西呀。」
「我相信總有一天會用到，一直放著呢！」
銃之崎挺起胸挺。她的笑容燦爛得令華羽感到有些眩目。
「話說啊，第八領域的季節是華羽兒妳在操控的嗎？」
「是呀。」
「那麼，比如說……可以從夏天換成秋天嗎？」
銃之崎一派輕鬆地詢問後，華羽便微微握拳，一臉悲傷地皺起眉頭。

「抱、抱歉！當我沒說！」

銃之崎看見華羽的表情後，連忙道歉。不過，華羽卻緩緩搖了搖頭。

「……改變季節倒是無妨，但如果妳能過一段時間再改就好了。」

「過一段時間？」

「是的。我想再沉浸在夏天一陣子。」

「我覺得夏天已經過得夠久了……」

「我喜歡夏天。」

「可是妳穿得一副很悶熱的樣子耶。」

「一點都不悶熱，還挺涼快的哩。」

華羽笑道。銃之崎一臉懷疑地盯著華羽說：

「給我抱一下。」

不等華羽回答，銃之崎便緊抱住她。

「喂，妳幹嘛？放開我。」

「唔～～……的確沒有感覺到熱氣呢。」

「對吧？……可以放開我了唄？」

「妳用的洗髮精好好聞喔～～」

「呃，妳很噁心耶！放～～開～～我～～啦～～！」

華羽用扇子推了推銃之崎的下巴，但她卻一動也不動。不久，華羽可能是放棄了，只見她放下扇子。

「……我說，華羽兒，妳有事情瞞著我吧？」

銃之崎冷不防地如此直言。聽見這刺進心臟的話語，少女微微抖了一下。

「……沒錯。」

「妳是不想說，還是說不出口？是信任我，還是不信任我？是怎樣？」

「我不想說，可是我信任妳。」

聽完這句話，銃之崎輕輕放開華羽。

「嗯，那就好。順帶一提，我可是完全沒有祕密喔！」

「是、是，我知道。」

「妳還真信任我呢！」

看見宛如在鼓舞人的笑容，華羽也跟著笑了。

令她不禁懷抱著希望，想要仰賴這份希望。明明不可能實現。即使如此，華羽還是——

「……其實我……」

好不容易擠出這句話。絆王院華羽在這一瞬間，幾乎接近毫無防備的狀態。

此時響起無銘天使輕微的動作聲。不是水槍，而是為了廝殺用的無銘天使。

「快趴下！」

銃之崎把華羽撞開。轟然作響的五道槍聲，射穿了銃之崎，而非華羽。

眼前染得一片通紅。希望應聲坍塌。

「還沒死！殺了她！」

是時崎狂三曾經提過的，真心打算殺死自己的叛亂軍準精靈。華羽並不認識她，她的名字叫藤堂。

這群少女並未參加那場愉快的戰爭遊戲，誤以為只要殺掉自己，第八領域就能恢復和平。或是，受人唆使。

無論如何，她們連過去愛戴的首領銃之崎都當成障礙物一起排除。不管怎樣，這種行為都絕不能原諒。

「絆王院華羽！為了第八領域，我要在這裡討伐妳！」

「……是嗎？那就受死唄！」

匯集靈力釋放出的無數子彈。水槍無可比擬，以殺傷為目的之武器。不過對華羽而言，那實在是弱小得可憐。

「〈櫻劾散華〉——『天牛』。」

櫻花花瓣宛如另一個生命體一般蠢蠢欲動，包裹住五人。

「這是……！」

絆王院華羽的無銘天使毫不猶豫，冷酷地撕碎五人。之後，華羽便不再理會她們。

「小烈！」

華羽的吶喊響徹四周。

時崎狂三一行人悠閒地走在通往茶館的路上。

「啊，狂三，華羽小姐和銃之崎小姐她們啊——」

「是好朋友吧？我已經聽說了。」

「彼此必須敵對，不斷戰鬥才行……一定很難受吧。」

「我是很想說船到橋頭自然直啦……」

「無論如何」，華羽都必須向銃之崎告別。對銃之崎來說，想必非常震驚吧。

「……夏天也已經要結束了吧。」

響突然有感而發地呢喃。

『支配者交替，季節也會改變嗎是也？』

「或許會改變吧。聽說這個季節是基於華羽小姐的要求而設的。」

「不過老實說，就打扮而言，華羽小姐並不適合夏天呢～～穿和服包得緊緊的。」

「我也不適合夏天，但我喜歡夏天。」

「是這樣嗎？」

「是的、是的……不知為何，來到第八領域後我才發現，我喜歡夏天。」

不知是原本就喜歡夏天，還是後來才喜歡上的。

假如是後來才喜歡上的——那究竟是為何喜歡呢？

模稜兩可的回答，似懂非懂。

「這樣啊～～……我倒是希望秋天快點來，比較舒服。」

響有些鬧彆扭似的如此低喃。

『這個準精靈竟然連季節都要嫉妒，真是令人感到沉重呢是也……』

「我才沒有嫉妒好嗎！」

「——小烈！」

茶館的方向傳來華羽的哀號聲。

狂三率先邁步奔馳，響立刻緊跟在後，黑桃A遲了一點才提腳奔跑。

不祥的預感令狂三心煩意亂。

那時，絆王院華羽對狂三坦白的內容。

——我啊，我的目的已經有點走偏了。

——繼續戰鬥下去，只會加快化為空無的速度。

——這樣很難受，而且也不能讓事態這樣發展下去唄。我變成空無這件事不能告訴別人喔。

——所以，在變成空無之前，我想要痛痛快快地大輸一場。

——啊，可是不能故意戰敗。要全力奮戰，全力戰敗。

——如此一來，要我離開第八領域也無所謂。

華羽描繪夢想般吐出這些話語。既然說出口，勢必會發生什麼事。發生什麼事與願違、致命性的壞事。

「華羽小姐！」

「時崎小姐……」

眼前所見的，是華羽緊抱著渾身是血的銃之崎的畫面。

「！……〈刻刻帝〉——【四之彈(Dalet)】！」

狂三反應十分迅速。在對方提出要求之前便提早一步朝銃之崎射擊時光倒流的子彈。

原本遭到射穿的彈孔癒合，血液回流。

然而——

「小烈……！喂、喂，起來啊……妳起來啊……」

「可能……晚了一步。」

包含時崎狂三在內，鄰界中的準精靈的肉體嚴格來說都不是擁有血肉之軀的生命。是以靈力構成肉體，形成所有物質。

因此即使是眉心穿了一個洞或是心臟被破壞，都「不會死」。但是，準精靈是以靈魂結晶碎片為核心來活動的生命體。

靈魂結晶碎片就如同是準精靈肉體、精神的設計圖，由它以靈力構築準精靈的肉體。在這個鄰界，把手指受傷理解為外傷，靈魂結晶碎片會將「手指受傷」這個資訊傳達給肉體。

當然，若是要療傷就傳達「受的傷治好了」的訊息，便能輕易修復肉體。不過，銃之崎目前的問題在於，靈魂結晶碎片究竟刻劃了何種資訊。假如是「被子彈擊中而死亡」，再怎麼時光倒流也於事無補。選擇死亡之人，唯獨無法給予其生命。

就這層意義而言，銃之崎烈美目前正處於分水嶺狀態。

靈魂結晶是刻劃死亡，還是選擇生存，在生死之間徘徊不定……做出選擇的是銃之崎烈美。

「在另一個世界就如同是處於昏睡狀態。是清醒過來，還是就這麼消失，老實說，機率一半一半。」

「……小烈，是為了保護我……」

華羽愕然地跪倒在地。她的頭髮隨著夜風飄拂，逐漸改變顏色。

「究竟發生什麼事──」

連忙從沙灘趕來的叛亂軍和絆王院軍一起目睹了最惡劣的光景。

慘了。狂三對自己的過失咂了嘴。在那聲哀號發出的瞬間，首先該做的是讓響和黑桃A前往沙灘撫平人心，直到狀況穩定為止。

然而，為時已晚。

她們已經看見了。

「倒地的銃之崎烈美；抱著她的絆王院華羽」，茶館內留下的戰鬥痕跡。最重要的是華羽亮麗的黑髮逐漸失去色彩。

想必銃之崎烈美是支撐華羽的最後一根支柱吧。因為有她在，華羽才能勉強擺脫空空如也的狀態。

然而，這根支柱卻倒塌消失。

更不湊巧的是，除了在場的狂三、響和黑桃A以外，其他所有準精靈都誤會了華羽。

「……華羽大人，妳……是妳殺了銃之崎大人嗎？」

有人說出不該說的話語。

「等一下！」

狂三立刻大喊——她站起身，朝空中射擊〈刻刻帝〉。

「華羽小姐懇求我幫助銃之崎小姐。別胡亂猜測。若是因為流言蜚語傷害了華羽小姐，傷心的會是銃之崎小姐喔。」

「……狂三！」

響迫切地吶喊。狂三因此醒悟自己又再次選擇錯誤。首先應該抑止的，無非是絆王院華羽化為空無的狀態。

「姊姊！」

理應在沙灘的瑞葉高聲吶喊。所有人聽見後，都循著瑞葉的視線望去。

華羽躍上茶館的屋頂。亮麗的黑髮迅速褪色，在月光的照耀下閃爍著銀白色的光輝。就連身上的和服——

也凌亂得淒絕。

淒絕得極美。

「妳要逃嗎？」

狂三朝華羽這麼說——華羽嘻嘻一笑，頷首回答：

「就算說不是我幹的，也沒有人會相信唄。」

「妳若在此時逃跑，就會更加深妳的嫌疑喲。」

「……即使如此也無所謂。我不在意。」

狂三唉聲嘆了一口氣。

「妳可能會變成我的敵人喲。」

「也對，這樣最妥當唄。我是『空空如也』的空無，臨終時想在一瞬間凋零，結束人生。」

「……我可沒打算配合妳的玩笑話。」

「姊姊，不可以！不要自暴自棄……！」

「不，這可不行。『我必須與妳們為敵才行』……後會有期。」

華羽打開扇子後，立刻落櫻繽紛，覆蓋了周圍。所幸並不具攻擊力，但數量多如牛毛。

狂三躍上茶館的屋頂，環顧四周——不見華羽的蹤影。

寂靜得令人痛心不已，就好比明明自己沒有參與霸凌，卻撞見霸凌現場的那種心情。原因出於萬人，卻沒有一個人認為自己有錯，這一點才是最糟糕的。

華羽懷抱著虛無，消失了蹤影。

因為她的行動，所有人都認為她是殺害銃之崎的凶手。

「……實在是，令人十分氣憤呢。」

而狂三無法追上去。

蕭瑟的風吹過在場所有人的身旁。

夏天——已經接近尾聲。

○前塵往事

——向下沉沒。

有人拉扯自己的腳。痛苦不堪，痛苦難耐。視野從藍色轉換成黑色，宛如被拖進了深海。

無法呼吸，發不出聲音。

……啊啊，可是，自己內心深處又覺得這樣很舒服。

溺死啊。漂白一切，然後讓虛無的容器充滿歡喜。

「為了那位大人獻出生命，為了那位大人拋棄一切，為了那位大人欣然接受吧」。

聲音像蟲子一樣鑽進耳中。

就算試圖說服自己是幻覺、幻聽也徒勞無功。自己明白無論如何都會逐漸被汙染，而那並非苦痛，而是快感。

「……！」

清醒過來。

首先確認自己的意識是否正確。

我的名字是，絆王院華羽。妹妹的名字是，絆王院瑞葉。敵人的名字是，敵人、敵人的名字是——

「白女王……我的敵人是，那個女王。」

今天與昨天，依舊是同一個自己。

不過，邏輯清晰的自己冷靜地判斷。

想起自己的敵人，自己應該憎恨的敵人，應該消滅的敵人，「竟花費一分鐘以上的時間」。

昨天為止，只花了五秒便掌握認知。

然而今天卻花了一分鐘。只憑環境的變化，不會產生這樣的時間差距。

「……狀況一下子……變嚴重了……」

空無化。化為虛無的少女，成為隸屬白女王的信徒。

華羽嘆了一口氣，再次確認周圍的環境。第八領域的郊外有一間不知是誰利用靈力建造，坍塌得莫名其妙的廢屋。

「哎，也罷。好了……必須去死才行。」

……其實自己本來打算尋找的。

尋找嶄新的生存意義，為了獲得生存權利的夢想，或只是單純追尋自由的某種價值。

不過，自己的命運似乎「不由自己」。

「情非得已、情非得已啊。」

華羽站起來。過去暗暗自豪的黑髮，如今已剩瀏海還保留一些。

「……不知道小烈是否平安無事。」

由於時崎狂三將時光倒流，才避免走向消滅一途。不過，之後的狀況如何則不得而知。

是生存下來了呢？還是消失滅亡了呢？

華羽有點怨恨連這一點都無法得知的自己的境遇。

「──絆王院華羽小姐。」

華羽聽見呼喚後回過頭。一群空無面帶微笑站在廢屋的玄關。數量比想像中多，儘管髮型和容貌各不相同，但全都被「漂白」。

其中一人走上前來，張開雙手。

「我們來迎接妳了。妳聽見白女王無聲的哀嘆了吧？」

她們是如何找到自己的？她們都待在哪裡？疑問堆積如山。不過，無論如何都無法對她們產生敵意，因為內心某處也認定現在的自己和空無是同類。

「嗯──算是吧。」

「這個領域遲早會由白女王支配。到時候，華羽小姐再重新擔任支配者──」

真是愚蠢。如此拒絕倒是簡單，但她的提議確實擁有難以抗拒的誘惑力。

「說的也是。我想重返支配者寶座。」

「可以實現的。我們藉由奉獻獲到滿足的幸福。」

「……滿足嗎？」

「妳現在很渴對吧？很餓對吧？害怕自己空空如也吧？」

自己現在又渴，

又餓，

又害怕虛無。

全都被她們說中了。

「我……該怎麼做才好？」

「為了白女王鞠躬盡瘁吧。因為，這個鄰界是『不該存在的世界』。」

……忍住了。

若是再來個臨門一腳，搞不好就要答應了。

不過，空無用錯了措辭。

「——妳說錯了。」

「咦……？」

「無論這個世界充滿何種惡意……都是奇蹟。因為我存在於這裡。我在這裡感受著夏天，就

是奇蹟。所以往後的人生全都是多餘的。」

「妳在說什麼？」

「多謝啊。多虧妳們，才讓我想起自己的立場——再見。」

絆王院華羽在空無們的眼前張開扇子。

「雖說變成了空空如也，但我沒道理輸給妳們哩。」

無銘天使〈櫻劾散華〉。

櫻花瓣一片一片帶著剃刀般的鋒利，襲向那群空無。

「為、為什麼……！」

「妳們應該不懂唄，這個鄰界有多麼美妙。」

冷若冰霜的眼神。

空無們體認到自己的錯誤。不管絆王院華羽再怎麼空空如也，她的容器本身就是扭曲的。

「這種……噁心的世界……到底……有什麼價值……」

「『因為瑞葉在這裡生活』。光是這樣，光憑這一點——這個鄰界就價值千金。」

空無們完全無法理解華羽說的話，就這麼凋零逝去。

華羽呼吸了一口氣。

「好了，去赴死唄。」

◇

「好了、好了。該怎麼讓妳的笨蛋姊姊恢復正常呢——」

狂三交抱雙臂，陷入沉思。

緋王院瑞葉啞然無言地聽著這句話。這裡是「原本」的緋王院城，銃之崎烈美在最上層躺著休息，狂三、響、黑桃A以及瑞葉則圍繞在她的被褥旁。

「……妳不殺她嗎？」

「似乎得在快要殺了她之前才有效。」

目前的狀況十分不妙。

第八領域的準精靈們完全不知所措。這也難怪，畢竟統率她們的兩位領袖同時不在其位。

緋王院方尤其嚴重，不僅敗北，連自己曾經相信的領袖都變成了空無。似乎也有少數的準精靈因此加速空無化。

若是置之不理，她們勢必會陷入無底沼澤吧。

總之如此一來，備受期待的只有緋衣響和緋王院瑞葉了。因此決定讓她們暫時代理領袖的職務，搜索華羽，並且派遣使者前往第七領域與第九領域。

雖說姊姊華羽化為空無，但瑞葉畢竟是第九領域的支配者，勉強還能保住眾人的信賴。

但華羽勢必無法重回支配者的地位了。

為此，必須先等銃之崎烈美清醒——

但另一方面，也不能放著華羽不管。必須盡早找到她，打倒她才行。

「為了阻止空無化進行，必須互相廝殺……雖然矛盾，但目前這個方法似乎是最能幫助華羽小姐的了。」

「第十領域的形式嗎……說的也是，也只想得到這個方法了。若是能另外知道華羽小姐在追求什麼，那又另當別論了。」

身為前空無的響表示同意。

『不過是也……要是空無化的狀態進展到那種地步，會不會為時已晚了呢？』

面對黑桃A的指摘，響埋頭苦思。

「……除非來場戲劇性的相遇，或是……」

響過去便是如此。在臨死之際，被某個準精靈拯救。

光是想起她，心中便悲痛不已。

「如此一來，非屬銃之崎小姐不可了。雖然利用【四之彈】幫她修復了傷勢，但還必須讓她恢復意識才行……」

銃之崎依然昏睡不醒。

「……只能將她硬拉起來了。」

響如此說道，聲音透露出些微的緊張。

『硬拉起來嗎……是也？』

「利用我的〈王位篡奪〉侵入她的記憶，刺激她。」

「……妳的〈王位篡奪〉還擁有這樣的能力嗎？」

「當然是沒有啊……就像用智慧型手機去敲釘子一樣亂來。不過，我的無銘天使擁有奪取記憶，模仿肉體的能力。我想到時候肯定能接觸到準精靈……類似靈魂之類的東西。」

儘管表達模糊不清，模稜兩可，但響的話語確實有一定的說服力。

「……具體而言，要怎麼進行？」

狂三詢問後，響便露出無比複雜的表情。

「這個嘛……利用〈王位篡奪〉，在我快將銃之崎小姐搶奪過來時再強行解除。」

「哎呀、哎呀。這個做法怎麼想都很危險呢。響，從實招來，這麼做會有什麼壞處？」

面對狂三冰冷的視線，響的背直冒冷汗。

「首先……就銃之崎小姐目前的狀態而言，很可能會成功搶奪。換句話說，我和銃之崎小姐兩人會調換。當然，我會消失滅亡。另外，『在快要搶奪過來時解除』這件事……我從來沒有嘗

試過，所以不清楚辦不辦得到，也不曉得在那種狀態下，自己會有什麼後果，非常危險。」

「憑感覺就好，妳認為成功率有多少？」

「三……不，大概兩成吧……」

「我反對。最少也要有八成的成功率再來考慮。」

狂三二話不說一口回絕。壞處實在太大了。狂三當然也想拯救銃之崎，但她可沒有愚蠢到讓緋衣響魯莽地以身犯險。

「……如果和銃之崎小姐親近的朋友共同進行，搞不好行得通喔。」

「銃之崎小姐親近的朋友，是指──」

也就是絆王院華羽。

「……我懂了。換句話說，要救銃之崎小姐，就必須先救華羽小姐。而要救華羽小姐，就必須阻止她變成空無。」

「而且還不能取她性命……對吧。」

「狂三，成功率是多少？」

響反問狂三她剛才對自己提出的問題。

狂三毫不猶豫地如此回答：

「百分之百。我一定會把華羽小姐拖到這裡來。」

時崎狂三不可一世地笑道。她的笑容總算緩解了周圍的緊張。

她肯定能辦到，沒有她做不到的事。至少響如此深信不移。

『那麼，接下來就只等找到華羽大人嘍是也。』

「不過，似乎沒什麼成果。佐賀繰小姐也在幫忙尋找——」

隨後，手機的訊息軟體碰巧傳來了訊息，簡直就像算好了時機一樣。

佐賀繰唯發現了絆王院華羽。

◇

唯會發現那間廢屋並非純屬偶然，而是經過縝密的分析與推敲。

首先，華羽不可能前往對岸。因為那樣必須通過茶館到要塞旁邊的小路，從沙灘橫越大海才行。

雖說華羽從茶館屋頂消失蹤影時撒了一堆櫻花花瓣，但在場沒有一個準精靈發現，實在說不過去。

既然如此，華羽當然是先逃往絆王院城的方向。沒有進入城內，而是往城後的山岳地帶去了吧。

雖然地勢有些險峻，但華羽肯定藏身於鬱鬱蔥蔥的森林之中。

不過，最多只能分析到這裡，接下來必須踏實地搜索。因此唯與瑞葉指派的準精靈們商量過後，決定進行地毯式搜索。

將山岳劃分成一格一格的區塊，像塗著色畫一樣逐一搜索每個區域，唯這才發現那間廢屋。

「……有味道。」

說是屍臭味，又散發出清淡的餘香。普通的準精靈察覺不出這種味道，但唯是女忍者，同時也是機關人偶。

這裡曾經展開過一場戰鬥……不如說是單方面的殺戮吧。轉瞬間便取走數條人命。

「看來是這裡了吧。」

唯在地面發現了腳印。離開廢屋才沒過多久，只要跟著腳印走，很可能找到人。

唯下定決心，離開廢屋。

移動到樹上後，一聲不響地在枝頭間跳動。地上的腳印尚未中斷。唯利用〈隱形靈裝・三四番〉將身體變成半隱形狀態。

景色突然豁然開朗。

森林裡有一處空地，華羽就在那裡，跪坐閉眼的模樣宛如正在冥想。

「……嗯？是唯啊。虧妳找得到這裡哩。」

華羽閉著雙眼，指出唯的存在。唯內心產生波動，有些猶豫，但還是開口回答：

「……是的，華羽大人，請回絆王院城吧。」

「妳若是再靠近一步，我可能會殺了妳喲。」

聽見這句話，唯僵住腳步。她確定華羽會「說到做到」。只要再踏出一步，華羽便會輕而易舉地將自己碎屍萬段。

「想要打倒我，就叫時崎小姐過來。我會一直待在這裡。」

「……我知道了。」

「唯。」

唯聽見呼喚，停下腳步。華羽依舊闔著眼開口：

「一旦空空如也，價值觀也會改變。我又飢又渴，必須用不同的東西填滿容器才行。」

「那是——」

「我用廝殺來滿足……好了，回去把地點告訴時崎小姐一個人，千萬不許告訴其他人……否則，只會增加犧牲的人命。」

「是！」

唯敏捷地跳到後方，升起中止搜索的狼煙。她勢必會言而有信，待在原地不動吧。

等待時崎狂三，然後互相廝殺。

加速空無化，直到自我毀滅。

◇

狂三聽完佐賀繰唯的報告後，點了點頭。

「……能帶我去找她嗎？」

「當然。」

「不會有事吧？」

響一臉不安地詢問。狂三思考片刻後回答：

「我不是說過成功率百分之百嗎？不過，需要知己知彼。瑞葉小姐，方便聊一下嗎？」

「啊，好的……要聊什麼？」

「請告訴我華羽小姐的實力。她的無銘天使和靈裝有何能耐，又有何短處——」

「……這個嘛……恕我無可奉告。」

「哎呀，為什麼？」

「因為我也不清楚華羽姊姊的能力，最多只知道她的無銘天使叫作〈櫻劾散華〉，張開扇子會散發出花瓣攻擊別人……靈裝也只知道是——〈華創靈裝(Blume Ares)．一七番〉，其餘一概不知。」

「……真是小心謹慎呢。」

瑞葉苦笑道：

「她可能是不信任我吧。姊姊是個謎樣的人。」

「……是嗎？我倒是認為華羽小姐非常、『非常』……疼愛妳喲。」

狂三嘻嘻嗤笑。

「我們也可以跟妳一起去吧？」

「……不，可以的話，請讓我跟華羽小姐兩人獨處。勢必會展開一場慘絕人寰的廝殺。」

「我不怕……」

響吐露不滿，於是狂三用手指輕輕彈了一下她的額頭。

「就算妳說妳不怕，有些場面我還是不想讓妳看到。」

「唔～～沒辦法。那我們就乖乖等待吧。」

「是的、是的。也讓其他準精靈徹底遵守。」

「知道了。我和緋衣小姐會通知各位。」

「另外——岩薔薇！」

影子中突然冒出一雙手。「呀！」瑞葉發出尖叫。

岩薔薇從影子登場。

「什麼事，『我』？」

「……我和華羽小姐這一戰，勢必會受人阻撓。」

「我想也是。」

「所以就麻煩妳打頭陣了。」

「是的、是的，遵命，『我』。那麼，我先走一步了。」

岩薔薇縱身一躍，跳下天守閣。

「岩薔薇小姐這是要去哪裡？」

「我派她當開路先鋒。若是佐賀繰小姐分析得不錯，效命於白女王的那些空無肯定潛藏在某處。華羽小姐似乎沒有與她們同流合汙，但若是置之不理，很可能受到她們汙染。」

「姊姊……會效忠白女王……？」

「只是有這種可能性而已。」

虛無會導致盲目地信從。

而如今，絆王院華羽無疑處於危險的狀態。

「總之就是我時崎狂三與實力堅強的第八領域支配者絆王院華羽廝殺，在生與死的夾縫中阻止她化為空無，讓她恢復理性後把她拉來這裡。」

「是的。然後換我和華羽小姐一起用〈王位篡奪〉侵入銃之崎小姐的心靈，救醒她。」

「沒錯、沒錯。我跟響可是忙得不可開交呢。這裡明明就像過暑假一樣悠閒耶。」

「就是說呀……所以，快點把華羽小姐帶來吧。」

響如此說道，舉起一隻手。

「好的，我會當天送達。」

狂三狂妄一笑，舉手擊掌——「啪」一聲，響起清脆的聲音。

◇

暫時消退的呢喃聲又益發響亮起來。華羽緊咬雙頰內側的肉，以痛楚來抵抗——卻徒勞無功。

感覺「那個」想法日漸膨脹。心裡厭惡，卻又舒暢。

——妳曾想過滿足自己的內心嗎？

——妳曾感受過如痴如醉的幸福嗎？

——妳曾渴望知道自己存在於此的意義嗎？

——我問妳，妳想不想消除自己的苦惱、煩悶和絕望呢？

「……要妳管啊。」

華羽自言自語般低喃。

微風吹拂著樹葉沙沙作響，好似笑聲一般。

「快點來吧，快點、快點……」

翹首盼死，渴望生存。要求重來。每隔一秒，願望便不停更改。

耳邊響起心跳聲。頭痛欲裂，感覺就快要失去記憶。重要的東西一一缺少。

靠呼吸驅除邪念……至少，呢喃聲慢慢減弱。

然後，這才發現。

森林的喧囂瞬間靜止，感覺像是被人用槍指著，強制緘默似的。暮蟬開始鳴叫。睜開眼睛一看，藍天已轉為晚霞餘暉。

是失去意識，抑或苦熬得感覺不出時間的流逝。

無論如何，她——來了。

宛如融入黃昏天空的赤黑靈裝，手持老式的短槍與長槍。

「我沒來遲吧？」

「沒有。不好意思啊，時崎小姐。」

「妳一直保持跪坐，腳應該沒有麻掉吧？」

「說什麼傻話。」

華羽苦笑著站起來。在鬱鬱蔥蔥的森林中，唯獨此地開闊空曠，因此能清楚看見夕陽餘暉的昏黃天空。

適合踏上黃泉的赤色天空。

適合廝殺交鋒的火紅天空。

「……開戰吧。」

華羽張開扇子——〈櫻刎散華〉。

「嘻嘻嘻嘻嘻。」

狂三發出笑聲，亮出武器。如今她手上握著的武器並非水槍，而是擁有破壞力的老式手槍，只要扣下扳機便能造成致命傷。以及，在她背後擴展開來的巨大時鐘錶盤。

恐懼與凌駕其上的歡喜滲透華羽的內心。

「——絆王院華羽，無銘天使〈櫻刎散華〉。」

「——時崎狂三，天使〈刻刻帝〉。」

櫻花飄散；影子聚集。

「好了、好了。」「我們的——」「我們的——」「戰爭（DATE）——」「約會（戰爭）——」

——開始吧。

響徹雲霄的槍聲。

世界如此美麗、殘酷，所以才渴望生存（尋死）。

零點數秒的連續高速射擊。發射出的影子子彈被〈櫻劾散華〉擋開。不過，她揮扇的一個動作，便有五發子彈襲向她。

「『鐵火』。」

硬化的花瓣擋下那五發子彈。狂三咂了嘴——無數花瓣團團包圍住緋王院華羽，根本不可能射中她。

「【一之彈】……！」

「哎呀，來這一招呀。」

狂三朝自己射擊【一之彈】，加速。挑戰近身戰。

「『顎門』。」

華羽揮舞扇子——花瓣朝狂三襲來。狂三在千鈞一髮之際朝樹幹一蹬，轉換方向。

「扇子一揮，櫻花花瓣便化為鐵片，不管是防禦還是攻擊都運用自如。雖然是標準常見的武器，但還真是棘手呢。」

「妳的倒是老舊罕見的槍械哩。」

明知是挑釁，狂三卻故意奉陪。

「哎呀、哎呀。妳不懂欣賞它的優雅嗎？」

「不懂哩。這種粗俗的槍枝，不適合我們準精靈……這麼說，也把那孩子一併給罵了哩……咦，那孩子……叫什麼名字來著……」

狂三告訴眼神空洞的華羽：

「銃之崎烈美。她的名字是妳取的，還和妳共同度過一段時光呢。」

一聽見她的名字，華羽的眼瞳便瞬間恢復了光彩。

「……啊啊，對了。沒錯……為什麼，我會差點忘記……這麼重要的事情哩？反倒是記得一堆雞毛蒜皮的小事。」

「正因為是重要的事情吧。」

「也許是吧！」

華羽緩慢地，像要倒向前似的踏出一步。

「『波濤』。」

剛才的花瓣宛如大蛇來襲，這次的「攻擊」則是簡直像海嘯排山倒海而來。從扇子產生出來的花瓣一口氣爆增。

「唔——！」

狂三跳向後方，逃進森林裡。不過每一片花瓣都很細小，樹木無法阻擋它的侵入。花瓣如洪水般撲來。

分心思考的時間不多，狀況也很嚴峻。

不過——

「【三之彈(Gimel)】……！」

對身經百戰的狂三來說，這還算不上什麼危機。

被【三之彈】擊中，加速老化的大樹一棵接一棵枯倒。狂三跳到其中一棵，從一端將大樹「向上踢」。

「既然妳那邊是波浪，我就製造木筏。」

即使枯槁，大樹的重量還是足以抵擋花瓣。狂三與其說是把大樹當成木筏，更像是當作衝浪板來使用，接近華羽，連續射擊〈刻刻帝〉。

然而，對華羽來說還不算是多大的危機，再怎麼不濟，她仍是支配者。

「『刃傷』。」

花瓣聚集在闔起的扇子上，變化成劍的形狀。

華羽用那把刃長超過十公尺的劍將飛來的巨木劈成兩半，並且朝狂三的頭頂砍去。

近在咫尺時，狂三以雙手的〈刻刻帝〉擋下。〈刻刻帝〉雖嘎吱作響，但槍身並未被斬斷。

「妳那把扇子，還真是無所不能呢！不，搞不好花瓣才是本體，而不是扇子吧？」

「沒錯。這把扇子……該怎麼說哩，算是觸媒唄。是什麼都無所謂。」

或許是看穿事態陷入膠著，只見華羽拉開距離。

形成劍身的花瓣，扇子一揮便輕易地散落……不過並未落地，而是停留在華羽的周圍。狂三也心裡有數——那一片片的花瓣鋒利如剃刀，堅固如鋼鐵。剛才那把巨劍尚且跟玩具沒兩樣。

「……我好像長智慧了，記得妳的招式。【一之彈】是加速，【二之彈】(Bet)是延遲，【四之彈】是倒流，【七之彈】(Zayin)是……停止時間唄。」

「是空無化的弊病吧，強制共享情報。」

「……那麼，包括我空無化加劇的狀況在內，全都露餡嘍？」

「是的、是的，顯露無遺。所以——那又如何？」

◇

如向日葵般的黃色靈裝在空中飄揚飛舞。

所有空無都命喪於這如陽光般明亮的黃色之下。

「——真是不巧呀。妳們的存在著實可憐，但竟然連尚有求生意志的人都想拉攏，實在不能原諒。」

岩薔薇冷酷地如此告知，扣下扳機。空無們閃耀著白色光芒，殞身滅命。懷抱著歡喜之心，誤以為替白女王盡了一份心力。

◇

「……事情就是這樣，不會有人來打擾我們。」

「看來我應該向妳道謝是嗎？」

華羽露出凶猛的笑；狂三重新調整了一下短槍的握姿。

「我不太清楚妳在打什麼鬼主意——」

「是的，我確實有些盤算。」

廝殺卻不殺。不殺，也不被殺。要殺，卻也不殺。

懷抱著所有矛盾，時崎狂三——靜靜地笑了。

「【二之彈】！」

子彈的選擇是延遲時間。狂三以橫掃樹木的氣勢四處活動，尋找發射【二之彈】的機會。

憑她的本領，能否突破重重守護自己的花瓣，射中自己呢？

……答案是否定的。

子彈在扣下扳機時只會勇往直前奔去，射中的機率等於零。

況且，憑這招也能看穿狂三的戰術。她之所以使用【二之彈】而非【七之彈】，就代表她捨不得耗費大量的時間。

既然如此，華羽所選擇的對應方式則是——

徹底防衛，絕對不被【二之彈】擊中。

一邊在樹林間掩蔽，一邊等待她的「時間」用盡。如此一來，她的殺手鐧便全都失效了。

設下陷阱，慢慢等待。

「〈刻刻帝〉——【二之彈】！」

這下子，她已經射出了第七發【二之彈】。不過每一發都沒有射中華羽，全都被避開了。

華羽小心翼翼避免被狂三發現，一點一點地將用來保護自己的花瓣設置於周圍。設置的花瓣共有五群。讓它們落到地面，施予保護色，必須仔細注意觀察，否則根本看不出來。而交戰中又怎麼可能去注意觀察空無一物的地面呢？

中計吧，踏入陷阱吧，認定一味採取防禦戰的自己不足為懼吧。

絞盡腦汁，互相廝殺。光是這樣，自己便已感到充實。

虛無與呢喃逐漸遠離。

「時崎小姐，妳真是個好人哩。」

「哎呀、哎呀，妳這是什麼意思？我是好人？嘻嘻嘻嘻嘻！這笑話還真是好笑呢！」

「就是現在」。

「——『奇貨』。」

華羽張開扇子。呈現保護色的花瓣現出原形，從四面八方蜂擁而上。

「唔，原來如此。我收回前言。我們還真是意氣相投，彼此都是好人。」

「咦……？」

狂三朝地面一蹬——

「【二之彈】是讓時間延遲的子彈。雖不如【七之彈】威力強大，但就看怎麼使用了。」

「……！」

就在這短短一瞬間，形勢便產生逆轉。有東西擊散了華羽的花瓣，鋪天蓋地朝她襲擊而來，甚至不留一絲逃跑的活路。

華羽口吐鮮血。

「……樹……？」

狂三依舊靜靜地微笑佇立……不，她的笑容並非微笑，而是如夜空中的新月般——嘴角揚起的邪笑。

「……話雖如此，我這邊也應接不暇呢。」

沒有順利擋下的花瓣割碎狂三的靈裝。不過，並非致命傷。大部分的花瓣都被突然飛來的倒木橫掃了。

她用【二之彈】瞄準的不是華羽，而是這些倒下的樹木。

不過奇怪的是，為什麼這些倒木會飛向自己呢？華羽因劇痛而氣喘吁吁，拚命思考。

「延遲時間」……「變慢」……就算踢飛倒木，時間依然會延遲，直到子彈失效為止……

「啊……原來是這麼回事呀……」

「是的。我的【二之彈】也能延遲『力量的傳達』。」

被【二之彈】擊中的樹木，從那一瞬間起所有事物都會延遲。即使被踹飛，也只有那股力量會逐漸積累，樹木本身則會「留在原地」。

「之後……為了同時攻擊，我只要一面調整【二之彈】的間隔一面戰鬥就可以了。」

「說得真輕鬆，要做到這一點根本是難上加難啦。」

華羽一副傻眼的樣子嘆息。狂三嘴上說得容易，但剛才那一招可是非同小可啊。異常的不是子彈的能力，而是發射子彈的狂三。【二之彈】能延遲多少時間、要控制多大的力道踢飛樹木、要踢向哪個座標、子彈適當的發射間隔——所有問題必須在零點數秒之間解答出來，才能產生這種結果。

陣陣刺痛貫穿全身。

「……好痛！」

「妳看起來很痛苦呢。」

「畢竟被樹木從四面八方痛擊嘛……是我輸了。快點殺了我唄。」

「哎呀，可以殺了妳嗎？」

「當然可以啊。我可是一步步在化為空無哩，不知道什麼時候會變成白女王的同夥。」

「只要撐過去不就行了嗎？」

「……我想我撐不過去。況且我也害怕整天四處徘徊，擔心不知何時會背叛己方。所以，一定要殺了我。」

「可是，只要找到生存意義——」

準精靈為避免成為空無、在世界上消失，必須找到某種生存理由。

「沒用的。因為我其實——」

——老早就死了。

這句說得理所當然般的話語，在狂三的心中強烈地回響。

○熱切地盛開吧

絆王院華羽剛來到鄰界時，還記不起自己姓絆王院，有個叫瑞葉的妹妹，以及在父、母、祖父、祖母、許多傭人的圍繞下……過著說是無聊卻又太過愜意的幸福生活。

這就是她僅存的記憶。

鄰界又恐怖又刺激，無暇放鬆心情，每天都過得十分充實。

……雖然偶爾會想回去過以前那種無聊的日子，但也立刻便拋諸腦後。

過往根本無關緊要，活在當下才重要。

在第十領域與某個準精靈交戰時，被「鄰界編排(Compile)」——吞噬進黑暗的記憶。

她不知道擁有那些記憶的精靈是誰，是何方神聖。

是某人「引發空間震」時的記憶。一望無際的瓦礫堆，以及佇立在那裡的少女。

記憶雖短，卻強烈地刺激華羽的記憶。

理應封鎖的記憶因此甦醒。

「自己應該早已死於災害之中」。原因不明。是地震、空間震，也或許是颱風、人為事故。

是什麼都無所謂。

總之，華羽被瓦礫壓倒在地，祝融四起。她知道父母、祖父母和傭人都死了。煙霧瀰漫，自己被嗆得猛咳，明白死期將近。

「——姊姊！」

妹妹在哭，大叫著「不要、不要」，拉扯自己的手。

「不行，別管我，快點逃。」

自己想如此大喊，但肺部似乎被壓壞，即使震動喉嚨也發不出聲音。

老天爺啊，老天爺。

自己遇到這種災害慘死，或許是無可奈何。

但至少放過我妹妹瑞葉吧。

若是要毫無意義地死去，起碼——讓她活得有意義。

當時，自己確實一命嗚呼。

然而睜開雙眼，見到的卻是另一番天地。原本哭得抽抽噎噎的瑞葉一副不知道自己為何哭泣的模樣。

共通的觀念只有一個。

那就是自己兩人並非人類，而是變成稱為準精靈的存在。

◇

「想起這件事的瞬間，空無化的情形又更加嚴重了哩。」

「是因為意識到自己是死人嗎……？」

面對狂三的提問，華羽有氣無力地回答：

「不知道……也許唄。畢竟鮮少有人像我這樣，死到臨頭記憶還如此清晰。就算有，也大多聚集在第十領域吧。」

第十領域與第八領域不同，是明確認同廝殺的領域，聚集的盡是些只能在生死夾縫中求生存的準精靈。

「……那麼說的話，只要去第十領域……」

還有希望。只要到第十領域不斷廝殺直到臨死的前一刻，還有機會存活下去。

「嗯。可是啊，我明白了一件事，我不想不惜與人廝殺都要存活下去。而且還有一件討厭的事……我不喜歡那樣。」

「那件討厭的事是什麼？」

「……我不想說，就算我不說，妳不久後也會知道的。」

華羽死心般笑道：

「所以，我決定求死……可以唄？」

經過漫長的沉默後，狂三緩緩搖了搖頭。

「能同意妳尋死的，不是我。隨妳自己的意吧……不過，有一件事我希望妳能幫忙。妳必須拯救銃之崎小姐。」

「小烈她怎麼了？」

「陷入昏睡狀態。如果與她交情最深厚的妳不在，恐怕她會就這樣死去。」

聽見這句話，華羽嘆了一口氣。

「……那我非得幫她不可了。快點帶我去。啊，不過，在那之前……」

「怎麼樣？」

華羽輕輕聳了聳肩。

「可以幫忙治療傷口嗎？」

「好的，當然（槍聲）。」

狂三莞爾一笑，扣下扳機。發射出的子彈是【四之彈】。傷口是復原了，不過華羽一雙眼睛

卻瞪得老大。

「哪有人會在正在說話時突然開槍啊！」

「我在對別人射擊【四之彈】時會想嚇唬人一下。算是惡作劇開個玩笑。」

「妳夠了喔～～」

狂三一臉得意洋洋的模樣。華羽用扇子輕輕敲了一下她的頭。

「妳真沒幽默感耶。」

「少廢話，必須快點回去才行。」

「順帶一提，響再三奉勸我千萬別這麼做，我當然一槍朝她的眉心射去。結果不知為何，她瞪大了雙眼，狠狠罵了我一頓。」

「啊～～難怪，我也會這麼做。那種態度怎麼行。」

「對吧？我才沒有錯呢～～」

「不，哪裡沒錯了？」

兩人互看，沒來由地噗嗤一笑。

「……我們莫名合得來呢。」

「這是為什麼哩？我這個人不太跟別人交朋友的。」

「那小烈小姐呢？」

華羽一臉難為情地撇過頭。

「她嘛……算是摯友、戰友、夥伴之類的。」

「喔喔，妳還是有區別的嘛。」

「就像是緋衣小姐之於妳那樣。」

「……不，響對我來說並非那樣的存在。」

「哦～～……」

華羽一副了然於心的模樣，令人莫名火大，因此狂三輕輕踢了她一腳。華羽也理所當然地回敬她一腳。

兩人一來一往，不久後差點演變成無聊的扭打戲碼，幸好即使醒悟「不是做這種事情的時候」才連忙邁步奔跑。

◇

華羽和狂三衝進天守閣後，響等人露出安心的神情。

「姊姊！」

「啊～～瑞葉。待會兒再說～～」

瑞葉衝上前抱住華羽。華羽胡亂摸了摸她的頭後，走向沉睡的銃之崎。瑞葉僵在原地，本以為會遭冷漠對待卻被摸摸，頓時間不如該如何是好。

「妳這個愛睡懶覺的懶鬼，打那時起就一直睡到現在嗎？」

華羽嘻嘻一笑，捏了捏銃之崎的鼻子。

「好了……緋衣小姐，我該怎麼做？有需要什麼東西嗎？」

「不用。只需要我的無銘天使就可以了。」

響舉起右手召喚自己的無銘天使——〈王位篡奪〉。巨大鉤爪的凶惡外形令周圍騷動不已。

「啊，外形是很剛強沒錯，但屬於幾乎不會造成損傷的那類物品！」

響如此說道，同時伸出右手握住華羽的手。

「時間不多，我們立刻侵入銃之崎小姐的心靈吧。話是這麼說，但我想看起來應該只是昏厥過去一樣。」

「了解、了解。好了，我們去救小烈了。」

「華羽小姐，祝武運亨通……不對，不是武運。請好好重視妳的內心。」

〈王位篡奪〉在眾目睽睽下觸碰銃之崎的胸口。

「連接銃之崎烈美的核心——出發！」

風景扭曲歪斜，記憶以猛烈的氣勢倒流。

構成銃之崎烈美的要素，信條、性格、理念、各式各樣重要之物——

闖入其中。

◇

——起點。

孤獨、隻身一人、恐懼，佇立於不知駛往何處的公車站。

名字消失了。

鄰界、準精靈、得到的靈裝和無銘天使。

雨下個不停，但也漫無目的。

那麼，該去哪裡才好呢？

「這裡，來這裡。」

一名少女現身，拉起自己的手。學習在這個鄰界生存必要的知識，學習戰鬥。

啊啊，可是我沒有名字。

擁有靈裝和武器，卻沒有關鍵的自我——

「如果隨便什麼名字都可以，我來幫妳取。」

她如此說道，為無人知曉的我打造了容身之處。

內心充滿了罪惡感。

因為那個名字真的取得非常隨便。我真的是十分隨意地給予妳人生的方向，沒有什麼事比這還要罪孽深重。

毋須感恩。應該有其他人能為妳取更好、更棒的名字才是。

所以，請別用如此美麗的眼瞳窺視我。

妳擁有美好的人生。

——中點。

為我取名的她總是露出孤單落寞的表情。

她很強，她的妹妹和所有人都很尊敬她。雖然愛裝模作樣，卻很有氣質。

然而，不知為何，不知為何，她看起來十分寂寞。

所以說來難為情，我想跟她成為朋友。

想要成為多少能填補她寂寞的那種存在。

真是肉麻到了極點。

要我說的話，她就像向日葵。

在夏天光輝燦爛，如寶石般美麗。

與妳競爭，與妳相知，與妳交談。

每次她的光芒都更加輝眼。我真心認為應該治理第八領域的除了小烈，別無他想。

沒有嫉妒，只是開心又自豪。

——終點。

……我該怎麼做才好？我該與什麼對抗才好？

我的內心深處早已察覺自己不能再與她相見。

既然如此，便完全失去了我生存的意義。

「……妳真蠢。」

語調悠閒的聲音令她難以置信，連忙回過頭。

「……華羽兒？」

心心念念、渴望戰勝、不願服輸、不想讓她感到寂寞的女孩，就在眼前。

「回去嘍，小烈。」

儘管疑惑，還是回握住那隻朝自己伸出的手。

「妳怎麼會在這裡？」

「是神祕現象。」

「這樣啊，原來是神祕現象啊。」

銃之崎因此接受這個說法。既然她說是神祕現象，大概就是神祕現象吧。

「可是……沒關係嗎？我們還能親近嗎？」

「……如果是一點點，還能親近。」

「一點點是多少？」

「別追究得那麼細……我想想，對了，一起去玩的程度。」

「嗯～～還不夠。」

機會難得，銃之崎決定盡量爭取讓步。

「要過夜嗎？」

「既然要過夜，那就一整天都在一起嘛～～這樣比較開心！」

「唔，一整天的話，勉強還可以接受。」

「然後，永遠一起玩吧！」

華羽有些猶豫。銃之崎心想剛才的提議是否過於奢求，戰戰兢兢地探頭觀望。

絆王院華羽露出笑中帶淚的表情，轉瞬即逝，面對銃之崎疑惑的神情，便立刻攤開扇子遮住嘴角，嘻嘻笑道：

「……說的也是，永遠一起玩唄。這樣的話，妳願意回去了吧？」

「嗯，願意……話說，要怎麼樣才能回去？」

「這個嘛，不知道哩。只要想回去，應該就能回去了唄？」

「咦～～這麼隨便嗎……」

「不，用這種隨隨便便的感覺就好，總之動作快！」

突然有人插嘴。

「啊，緋衣小姐。」「喔～～緋衣上校！」

「妳們兩個快點行動！在心靈內側待太久也於事無補！妳們看那邊！」

兩人朝響指的方向望去，然後同時歪了歪頭。

「唔，感覺地面在崩塌哩。」

「而且好像越來越接近了耶。」

地面裂了一個大洞，宛如用湯匙挖開果凍或布丁一樣。

「沒錯，因為我正在奪取銃之崎的心靈和人格。也就是說，這種現象算是一種隱喻？一旦被

吞噬進那個地洞……現實中的我就會變成銃之崎小姐。」

「……看、看妳幹了什麼好事——————！」

「所以我想快點取消啊～～！我也一點都不想變成銃之崎小姐好嗎！」

「呃，呃～～該怎麼辦才好，該怎麼辦才好！」

響一把抓住驚慌失措的銃之崎的雙肩搖晃。

「飛上天去！」

「要飛到哪裡！」

「總之就一直往上飛。只要『妳』浮出心靈表面，我就會被強制彈飛出去！」

「我、我知道了……華羽兒也動作快！」

「啊，嗯。再見了，緋衣小姐。我們先走一步了。」

銃之崎和華羽騰空而起。銃之崎按照指示，筆直朝上空飛去。

「嗚哇～～這就是我的腦海裡啊！感覺亂七八糟的呢～～！」

銃之崎一副樂開懷的樣子哈哈大笑。

「這是我第一次闖進別人的腦袋裡……小烈妳的腦袋就像垃圾筒打翻一樣哩。」

「什麼嘛～～華羽兒的腦袋裡面也一定很那個吧。」

「那個是哪個啊？我的腦袋肯定更加乾淨。」

全被整理整頓得乾乾淨淨，遭到漂白，空空如也——

「那我就去妳的腦袋裡，把它弄得亂七八糟。」

「……這也挺有意思的哩。妳就試試看，把我蹂躪得一塌糊塗唄。」

華羽嘻嘻嗤笑，銃之崎頓時滿臉通紅。想不到她那麼純情，對黃色笑話那麼沒有免疫力。

「妳、妳在說什麼啊！我對那方面不在行啦！」

「是、是。真是個未經人事的少女哩。」

「未經人事？那是什麼？武器的名稱嗎？」

「這個嘛，妳去問瑞葉唄，她也挺晚熟的。」

「啊啊，對了！我想起來了！我醒來就是支配者了！」

「沒錯。」

「那不是要處理一大堆事情嗎！」

「沒錯～～」

「這樣還有時間玩耍嗎？」

「嗯～～應該可以優先玩耍唄？妳一路努力了這麼久。」

華羽說完，銃之崎瞬間露出不知所措的表情，但隨後點頭如搗蒜地表示同意。

「說的也是～～偶爾放個假也不會遭報應的！」

「沒錯，不會、不會。」

「那麼，等我醒來後——就一起玩吧！」

「……嗯。大玩特玩～～不過，有一件事。」

銃之崎歪頭表示疑惑。華羽對她說：

「看到我的臉，妳可別太吃驚喲。」

她的語氣聽起來比平常少了些自信。

不久後，天色開始變化。暗夜已盡，黎明到來。金黃色的光芒逐漸染上銃之崎的世界。

「……真是漂亮呀。」

「我、我漂亮嗎！」

「才不是……我是在說這個風景漂亮。」

「什麼嘛，原來是在說風景喔。」

「怎麼，妳也希望聽到人家稱讚妳漂亮又可愛嗎？」

銃之崎沉默片刻後，低喃一句：

「……我有時也想……被別人稱讚啊……」

「哦？妳說的別人，是傳說中的小哥嗎？」

「傳說中的小哥？妳是指偶爾會在『鄰界編排』的時候看到的那個傳說中的人物？那不是謠

言嗎？」

「似乎不是喲。那個時崎小姐好像在追逐傳說中的小哥哩。」

「咦！不，等一下，我記得那個男生應該在現實世界吧！」

「沒錯、沒錯。所以時崎小姐正在一個個領域走訪整個鄰界。只要到達第一領域，說不定就能回到現實世界了，對唄？」

「……這簡直太瘋狂了！那個叫時崎的傢伙，真是厲害呢！」

「就是說呀。那就叫作戀愛吧。」

華羽嘆了一口氣。

銃之崎仰望天空低喃：

「欸——妳說我們也能談戀愛嗎？」

「應該能唄……不過我倒是沒在談什麼戀愛就是了。」

「妳真是個寂寞的傢伙呢。」

「我才不在意～好了，我想差不多快到出口了。」

聽見華羽說的話，銃之崎仰望天空。越過金黃色是一大片閃耀著白色光芒的天空，一望無際。就感覺而言，銃之崎也認為這裡就是終點。

「好，那就清醒過來吧！」

「因為妳，我也吃了不少苦頭啊～～」

把手伸向空中，觸碰到類似空氣膜的物體。加強力道後便穿了過去。兩人這才察覺到之前的自己肯定是在水中。

——清醒過來。

銃之崎坐起上半身，發現相繫的雙手。華羽緊緊握住自己的手。順帶一提，原本枕在狂三腿上入眠的響也驀然睜開眼睛，但似乎緊抓著這額外的福利不放，裝睡不起。

「華羽兒……」

「小烈……早啊。」

看見華羽那一頭純白的頭髮，銃之崎瞬間露出泫然欲泣的表情。

反倒是華羽，欣喜愉悅地綻放笑容，笑嘻嘻地玩弄著頭髮。

「白色也挺適合我的唄？」

「……妳變成這樣，沒事嗎？」

「完全沒事。」

狂三聞言，微微撇過頭去。她說話的音調極具說服力，連理應知道實情的狂三都差點被騙過去了。

華羽正竭盡全力在說謊。而銃之崎——

「太好了～～！」

她如此吶喊，一把抱住華羽。天真無邪的笑容，純粹無比的喜悅。看來銃之崎深信不已。

「那麼，來玩吧！我想想，要先來玩什麼！」

「什麼都行，先換衣服如何？」

「咦？啊，我穿著睡衣啊。好，我去把靈裝換上，等我一下！從今天起，要暫時玩一陣子嘍，耶！」

銃之崎從被褥跳起，精神奕奕地衝了出去。

「緋衣小姐，瑞葉，不好意思，可以讓她暫時玩一陣子嗎？反正有我在的話，各種事情肯定會難以進展。」

「好的、好的，那倒是無所謂——」

「對了，瑞葉！」

換好衣服的銃之崎轉眼間便回到這裡。她抓住瑞葉的肩膀，天真無邪地提問：

「未經人事是什麼意思？」

「未經……未經人事！」

瑞葉不知所措，滿臉通紅。響繼續裝睡，揚起嘴角邪笑。狂三擰了一下她的臉頰。

「是啊，華羽兒叫我問妳的！」

「姊姊～～！」

「有什麼關係，有什麼關係，妳就告訴她唄。身為支配者，她總該知道這些知識。」

「嗯？怎麼，是很難懂的話題嗎？」

「不，倒是不難懂……銃之崎小姐，耳朵湊過來。」

瑞葉猶豫不決，最後在銃之崎的耳邊輕聲低喃：

「所謂的未經人事……就是窸窸窣窣（沒有性經驗）窸窸窣窣窸窸窣窣。」

耳語聽著聽著，銃之崎的臉立刻泛起紅暈。

「華羽————！」

「啊哈哈哈哈哈哈哈哈哈哈哈哈哈哈哈！」

華羽哈哈大笑，銃之崎開始追著她到處跑。

——周圍的人都認為這件事就此告一段落。華羽並不這麼認為，狂三也是。

銃之崎又是怎麼想的呢？從她那張掛著天真爛漫的笑容的臉上，完全推測不出她的想法。狂三猶豫了一陣子後，決定告訴響真相。狂三拉著響的袖子，兩人悄悄出城，前往自那天以來一直呈現休業狀態的茶館。狂三向店員提出想暫時包場的請求後，店員便回答她正好想出去玩，喜出望外地離開了。

「呃……有什麼事嗎？」

「似乎沒辦法阻止華羽小姐化為空無的狀況。」

「——咦？」

響呆愣地歪了頭，聽明白這句話的意思後，臉色轉眼變得鐵青。

「這、這是怎麼回事？不是解決了嗎……！」

「並沒有。華羽小姐空無化的情形依然在惡化，恐怕遲早都會變得『空空如也』吧。」

「可是，應該能阻止狀況惡化才對……」

「為此必須與人廝殺。不過，華羽小姐拒絕這麼做。她說不能讓第八領域變成像第十領域那樣，但也不想去第十領域。」

「為什麼……只要去第十領域，甚至有可能當上支配者吧。」

「……這個嘛——」

狂三也不知道，只是隱約能猜出答案。

恐怕她——

「總之，華羽小姐變成空無一事是無可避免了。麻煩就麻煩在，她擁有擔任支配者的強大能

力。」

「……有可能被白女王利用嗎……？」

「是的、是的。我擔心的就是這一點，想必華羽小姐也有自知之明。所以——」

「……選擇消逝在這個世上嗎？怎麼這樣！」

響「喀噠」一聲從茶館的椅子上站起。狂三也感到迷惘，明明事不關己卻苦惱不已。

要死亡，還是要廝殺。

若是二選一，狂三會二話不說選擇廝殺。

不過，那是因為自己是時崎狂三才敢這麼說……她不認為自己走的是正途，足以將這個觀念強加在華羽身上。

「可是，這樣是不對的。」

「對不對能由我們來決定嗎？」

「……！」

響低下頭。

「難道……沒有……其他方法了嗎……」

響斷斷續續地低喃。狂三握起響的手，悲傷地問：

「我才想問妳呢。沒有其他拯救她的辦法了嗎？比如說，難道不能改變生存意義嗎？」

「……我不知道。」

「不能像其他人……比如瑞葉和輝俐小姐那樣，在第九領域安穩地生活嗎？」

「這我也……」

不知道。響滿懷遺憾地如此低喃。

「……我想華羽小姐自己也已經試過了許多方法。多方嘗試、調查的結果，才得出那個結論的吧。」

想必華羽也不是打從一開始就放棄希望。

身為支配者，照理說能獲得許多資訊，結果還是不得不做出那種結論。

「至少，如果能在第十領域存活下去……不，不行。即使是第十領域，也有個人差異。聽華羽小姐描述，她的『情況』特別嚴重……能存活到現在根本是奇蹟。」

響交握的雙手不住顫抖。

對過去曾為空無的響而言，她絕對無法坐視不管。

「重點是，華羽小姐自己不希望去第十領域戰鬥。不對，情況有點複雜。為了生存，只能殺戮，但她拒絕把殺戮當作生存意義……」

狂三記得華羽那無力的笑容。藉由與狂三認真廝殺，得以在鄰界停留久一些……但她總不能一直和時崎狂三廝殺下去。

不行，束手無策——窮途末路。

「……總之，只能在一旁關注兩人的狀況了……」

「看來也只能這樣了……」

響和狂三同時嘆息。

蟬又開始鳴叫。先前還開心得認為具有夏日風情，如今卻覺得莫名吵雜。

「……華羽小姐想必苦惱了很久吧。」

「從她說的話聽來……似乎是如此。」

即使是摯友……正因為是摯友，才難以開口。

「喂～～緋衣上校和時崎狂三————！」

兩人嚇得從椅子上跳起來。

回頭一看，便看見銃之崎的身影。而華羽則是靜靜地佇立在她背後。

「我跟妳們說喔！絆王院城——啊，不對，是我的城堡，我決定暫時交給瑞葉管理。然後啊，華羽兒好像有一間別墅，我打算去那邊玩一陣子，妳們覺得如何！」

這麼問，還能怎麼回答？

狂三和響面面相覷，只能先點頭表示同意。

「好，那就立刻行動！我們一起盡情享受暑假吧！」

銃之崎握拳伸向天空。

華羽默默注視著銃之崎，狂三和響則是面有難色地移開目光。

「一起跟著做啦————！」

銃之崎的吶喊聲迴盪在整個茶館。

華羽嗤嗤竊笑，戳了戳銃之崎的臉頰。

華羽生氣勃勃，令人難以想像她即將成為空無。響一瞬間差點期待可能是狂三有所誤會。

華羽只是在鬧著玩，並不會變成空空如也的狀態。

不過，華羽與響四目相交後，輕輕將手指抵在脣瓣上，然後在銃之崎的後方露出無力的笑容。看見笑容的那一瞬間，響也不得不領悟。

——啊啊，已經沒救了。

她老早就已抵達終點。

「好了，歡迎去我的別墅唄~~」

◇

說別墅，聽起來是很好聽，但構造就是日本舊式民房那種感覺。

華羽以一副若無其事的表情訴說著「很有風情唄」。銃之崎則是滿心歡喜地說：「比那個天守閣有人情味多了！」

「哎呀，浴室又乾淨又寬敞呢。那就好。」

狂三探頭看了看浴室，一臉滿足地點了點頭。

「用水的地方都是最新設備。鄰界沒有蟲子，門窗敞開也沒問題。若是現實世界，簷廊會有蜈蚣、金龜子、椿象飛來飛去，還有蚊子吸血，可麻煩了哩……」

「蜈蚣才不會飛。」

「會從天花板掉下來，就像是在飛一樣。」

「唔。」

大概是稍微想像了，只見狂三的背抖了一下。不管是準精靈還是精靈，只要蜈蚣掉下來都會嚇一跳的。

「我比較注重睡的是不是床，不睡在床上我睡不著。」

「是鋪被褥的。誰會擺床這麼不搭的家具啊？」

「狂三、狂三，可以的話，我們睡成人字形吧。」

「我如果感到貞操有危機時，會下意識地射擊〈刻刻帝〉，如果妳不介意……」

「請恕我收回前言！」

「難得有四個人，睡成井字形吧！」

「也就是說，兩個人交叉……睡在另兩個人身上……真有意思，響妳就睡在下面吧。」

「也就是說，只會覺得沉重而已～～！不對！一點都不重，狂三的體重像天使的羽毛一樣輕，Sir！」

面對狂三用〈刻刻帝〉按在雙頰轉動拷問，響只好屈服。

「好，如果要睡成井字形，我就睡上面吧！華羽兒感覺很重！」

「……不，重的人是妳唄。」

「啥？」「嗯？」

銃之崎與華羽互瞪。兩人是摯友，即使是好朋友，這世上也有事情是不能退讓的。

「誰比較重，用體重計一測不就一目了然了嗎？」

而愛火上加油的時崎狂三則是把放在盥洗室裡的老舊體重計拿出來。

「好了，誰先秤？」

「……我、我先來吧！」

銃之崎脫下外套和襪子，輕輕站上體重計。很遺憾，體重是準精靈最重要的祕密事項，硬要用言語來表達的話，頂多只能說「她皺起眉頭，一臉納悶，覺得自己跟理想中的數字有些差距」吧。

「接下來換我……喝啊！」

華羽狂妄一笑，把靈裝脫得一乾二淨。

「咦咦！」

「這麼拚嗎！」

「要是這樣還輸可就絕望嘍。」

華羽一絲不掛，光溜溜地站上體重計。再說一次，體重對準精靈而言是最重要的祕密事項，硬要用言語來表達的話，大概就是「華羽看了體重計的數字後，露出得意洋洋的笑容，一臉驕傲的樣子」吧。

「可惡啊啊啊，給我讓開～～！」

銃之崎也把靈裝脫個精光。無奈雖同為戰鬥型，身體鍛鍊得精壯結實的銃之崎與適度運動、減肥的華羽，身體的性質實在是天差地別。

「怎麼會——」

身高、體型幾乎一樣，唯獨體重不同。怎麼樣都不同。

如此悲傷的事實浮出檯面。

順帶一提，之後狂三和響也偷偷量了體重，狂三一臉得意洋洋。

玩體重計玩得盡興後，四人決定先打掃室內。

「……既然是鄰界，用靈力把內部一下子重整過不就好了嗎？」

「這麼豪邁的做法很符合狂三的個性呢……」

「我對這個房間有一定的感情，可千萬別這麼做哩～」

……四人尊重華羽的意見，各自拿著掃除用具開始清掃。

響突然心想：把時間花在這種事上沒關係嗎？

不過念頭一轉，又覺得正因為是這種事——才非做不可吧。

即使頭髮變白，華羽的態度依然沒怎麼改變，看起來……也不害怕自己即將消逝。

是因為已做好心理準備，還是尚未放棄呢？

響希望是後者。不過，恐怕前者才是正確解答。

絆王院華羽已經接受自己最後的下場。

◇

打掃完，狂三和響以要去距離別墅不遠處的森林散步為藉口外出，呼喚躲進影子中的岩薔薇。銃之崎正和華羽一起準備晚餐。四個人擠在廚房反而不好做事，因次決定由華羽和銃之崎一

組，狂三和響一組，兩組輪流下廚。

不過，被喚出的岩薔薇卻搖頭說：「我沒有任何建議可提。」

「岩薔薇，妳……贊成華羽小姐的決定嗎？」

「是的、是的。『我』要抱持希望的話儘管抱持沒關係，但『我』建議就默默守護她到最後吧。」

「可是，岩薔薇……」

「無論是鄰界還是另一個世界，都並不只存在著美好。這種事，我們老早就體認到了吧。」

當然，當然體認到了。

緋衣響曾經投身於復仇之中，而時崎狂三則是度過了一段慘烈的過去與激烈的爭戰，才來到這裡。

就連最和平的第九領域也免不了戰鬥。

「死亡和消逝，都是這個鄰界不可避免的下場，而且大多來得猝不及防。這麼一想……華羽小姐還算幸運的了。」

「這──」

在第十領域，有許多準精靈懷抱著遺憾逝去。

就連第九領域和第八領域也不例外。

無論如何，她們無法走到生命的盡頭便煙消雲散。而華羽……自己決定了結局。

決定這裡就是終點。

決定該在這時道別。

所以，華羽的情況也許是最理想的。

「……可是，我還是覺得……」

缺少了什麼，有什麼地方沒發現——響如此思忖。

「差不多該吃晚餐了吧？我先告辭了。」

岩薔薇跳進狂三的影子中。雖說同為時崎狂三，但基於誕生的瞬間和各自經歷的過去不同，各自的主義和主張也會有所差異。更何況岩薔薇過往的遭遇與其他狂三相去甚遠。之後再怎麼呼喚岩薔薇，她也不再出現。

晚餐是燉茄子、烤魚、薑燒豬肉、混合味噌的味噌湯和白飯這類日式菜餚。

「好久沒有親自下廚了，味道如何～～？」

「啊，這個好好吃喔。嗯，白飯配薑燒豬肉，再喝味噌湯……唔唔，好像日本人喔……！」

「響，妳不是日本人嗎？」

「我不知道自己是哪國人耶。」

「我怎麼想，都不像是日本人呢。」

銃之崎嘟囔一句。

「不如現在來改名唄？」

「才不要，我喜歡這個名字。我查了國語辭典，有槍、暴烈和美麗的意思吧？哼哼，不是很符合我的個性嗎！」

「一個字一個字拆解來看，的確會認為是很出色的名字呢……」

「說到這裡，狂三的狂是CRAZY的狂嗎？」

聽見銃之崎的提問，響舉手發表意見。

「真要說的話，我覺得MADNESS比較適合狂三！」

「我倒是認為INSANITY比較符合哩。不是常說檢查SAN值唄？」

華羽也加入話題。狂三哼了一聲，撇過頭去。

「是的、是的，怎樣都好。我喜歡這個名字，不勞各位費心。」

「說到名字，我的名字倒是常常被搞錯哩。」

華羽像是突然想起來似的呢喃。

「被搞錯？」

「啊～～該不會以為是枯葉(KAREHA)之類的，而不是華羽(KAREHA)吧？」

響說完，華羽點頭回答：「說對了。」

「明明是寫成華麗的羽毛，華羽。每次上國語課朗讀時，只要出現枯葉這個單字，愚蠢的男生就會在那邊笑。」

「別氣了。如果是我，就立刻活締處理（註：宰殺活魚，放血並破壞中樞神經以保新鮮）。」

「好可怕！雖然不知道活締是什麼意思，但是覺得好可怕！」

「我不會採取如此瘋狂的手法，頂多活宰切片罷了。」

「這個方法也沒仁慈到哪裡去啦！」

「具體而言，我是把嘲笑我名字的男生絆倒，脫掉他的褲子，用褲子綁住他的腳……」

「沒想到妳以前這麼淘氣呢。」

「都是以前的事了～～而且我秉持的是人不犯我，我不犯人的信念。除非嘲笑我的名字或欺負瑞葉，我才會主動反擊。」

華羽一副若無其事的樣子回答。

「現實世界的事，我都忘得一乾二淨了呢～～」

銃之崎一臉疑惑。

「真是奇妙呢。不，忘記是好事。不過不知為何，我們知道各式各樣的事。比如說，我就知道我擁有的天使叫作〈刻刻帝〉，可是對現實世界的記憶卻模糊不清，宛如漫長的夢境。」

「沒錯、沒錯。鄰界啊，是漫～～～長的夢境。因為是夢，所以有美夢、惡夢。這些夢，總歸會清醒的。」

華羽開心地笑道，一口一口咀嚼烤魚。

「我可不想清醒。如果這裡是夢境，我一直夢下去就好。」

銃之崎如此呢喃，將筷子伸向薑燒豬肉。

◇

夜晚降臨。睡成井字形的意見被駁回，不過銃之崎提出的大家同睡一個房間的提議倒是一致通過，四人鑽進鋪好的四床棉被中。

「……這樣子感覺真好。」

「銃之崎小姐，我想睡了。」

「有什麼關係嘛。難得到了晚上，我們來聊天嘛！」

「要聊什麼？」

「緋衣上校，這種時候應該要聊什麼話題才好？」

「這個嘛，通常是聊戀愛話題——」

「戀愛話題，戀愛話題啊。那麼，我先說吧。」

「別聊戀愛話題了。感覺會變成狂三小姐的獨角戲。」

「咦……」

狂三的聲音低落到谷底。響則是啞然無言，不知該說什麼才好。

「那、那個……我也想聊聊看戀愛話題……」

「哦？這我倒是有興趣聽哩。妳有喜歡的人嗎？」

銃之崎戰戰兢兢地舉起手說道。華羽調侃似的詢問她。

「……不是啦，我是想討論，戀愛到底是……什麼樣的感情啊……」

「竟然從這裡開始哩。」「原來是從這裡開始喔？」「竟然從這裡開始嗎？」

銃之崎羞紅了雙頰，發出「唔唔唔」的呻吟聲，並且把臉藏到棉被裡，輕聲低喃：

「因為，人家不知道嘛。大家都說用言語沒辦法解釋清楚。」

她所謂的大家，應該是指叛亂軍吧。

「妳還問過其他人呀？」

「我聽幾個人說，她們愛上了以前遇過一次的『記憶中的王子』。」

「哦，王子……這樣啊……」

狂三的聲音突然變得低沉。響低吟了一聲，感覺這個話題再深入聊下去會踩到狂三的地雷。

「我也不是很清楚，但戀愛中的準精靈可強了。感覺所作所為都充滿活力，閃閃發光。」

「我想也是。戀慕之心是很強大的。」

「……咦，聽妳這麼說，難不成華羽兒妳也在談戀愛嗎！」

「我無法一口否認說自己沒在談。我搞不好戀愛了哩。」

華羽嘻嘻嗤笑。三人因此受到衝擊。同時，狂三和響彼此迅速使了個眼色。

正在戀愛，就表示對這個鄰界戀戀不捨。

若那份眷戀之情更加濃烈，或許能成為繼續存在於這個鄰界的理由——！

「對象是誰？」

「我想知道！」

聽見狂三和響說的話，華羽笑了笑，搖頭拒絕。

「很遺憾，那是少女的祕密。」

「唔～既然妳都這麼說了，也不好再問下去。好，就別聊這個話題了吧！」

響連忙反駁銃之崎。

「不要啦，繼續聊下去吧！搞不好她的對象就是身邊的某個人喔！」

「這是祕密、祕密。我才不會說呢～好了，睡覺唄。」

「——應該是銃之崎小姐吧？」

於是，狂三開門見山地問道。銃之崎大吃一驚，全身僵住。響則是後悔自己應該堵住狂三的嘴才對。

華羽露出柔和的笑容回答狂三的問題。

「猜對了一半。」

「～～～～～！」

銃之崎聽完不禁從棉被裡跳出來。宛如跳著高速的盂蘭盆舞，驚慌失措地胡亂擺動手腳。

「咦，咦咦咦！什麼，呃，咦————！」

「剩下的一半是祕密～～」

華羽不理會慌亂不已的銃之崎，嗤嗤竊笑。銃之崎陷入恐慌狀態，就這麼衝向外面。

「響，可以麻煩妳去追她嗎？」

「遵命！」

響衝出被窩去追銃之崎。

狂三目送響離去，表情傻眼地詢問華羽：

「妳是說真的嗎？還是只是在開玩笑？」

「全是真心話。」

「可是，既然如此——為什麼？」

為什麼，打算尋死？

為什麼，放棄生存？

既然在戀愛，當然要繼續存活下去吧？

——不，感覺哪裡不對勁。

有某個環節出了錯，想錯了方向。自己能理解她的心情。

狂三曾經「做出同樣的行為」。不惜捨棄生命，瘋狂地渴望那一瞬間的交集、邂逅。

因為，那就是幸福。即使要縮短不久後將走到盡頭的生命——

「即使要反抗她也在所不惜」。

……揮開充滿雜訊的記憶。華羽在她面前露出柔和的微笑。狂三無奈地對她回以微笑。

「妳真的很喜歡她吧。」

「嗯，超級喜歡。」

狂三似乎終於理解了華羽那神祕的微笑代表的是什麼含意。

「啊啊嗚嗚嗚啊啊啊嗚嗚嗚啊啊啊……」

銃之崎蹲坐在地，強忍著羞恥。

「銃之崎小姐～將軍～妳沒事吧～～？」

「事情可大了。」

響不得已，只好跟著蹲下。滿臉通紅苦惱（？）不已的她，感覺正符合她這個年紀該有的舉動，看起來十分可愛。

「華羽小姐說喜歡妳，這樣不是很好嗎～令人羨慕的傢伙～～」

響用手肘撞一撞，銃之崎便苦悶地扭來扭去，有點好玩。

「好是好！好是好啦～～！」

「我懂了，但是聽到是戀愛感情，妳就覺得不能接受了？」

「唔。」

銃之崎突然停止動作。

「這、這個嘛……我不太清楚，不過，我覺得……很開心……」

「那不就好了。」

「可、可是……她心裡只有一半喜歡我。」

「那就讓她百分之百喜歡妳不就好了！總比看都不看妳一眼擁有好幾倍的機會吧！」

被自己說的話刺成重傷。不過，自己就喜歡「她」這種個性，也無可奈何。

「響妳也……那個，在戀愛嗎？」

「……嗯，算是吧……我想這應該算是戀愛。或者說，就算不是戀愛也無所謂。」

為了遲早必定會來臨的離別，響像狗一樣忠誠，像貓一樣胡鬧地跟隨著狂三。

明明終將分離，響卻覺得這樣也不壞。

並非因為任勞任怨，該怎麼說呢？她並不求永不分離。

「——說穿了，只是想一直在一起，多一秒也好。我在想，這樣算是戀愛嗎？」

「……可是——」

銃之崎突然把臉皺成一團，眼淚撲簌簌地從她的眼眶落下。

「……可是，『華羽兒打算尋死』。」

「妳果然已經知道了……」

那是當然，怎麼可能不知道。雖說是和平的第八領域，但她畢竟是一路爬到支配者之位的準精靈。

既然華羽空無化的狀態幾乎到達了末期——想必她也明白華羽消逝只是遲早的問題。

「那妳也一起阻止華羽小姐吧！」

「……我害怕。」

「害怕……？」

「如果，如果我去說服她，哭著拜託、懇求、哀求她不要消失，即使如此，最後她還是消失的話……！」

我害怕發生這種情況——她如此哭喊。

「……可是這樣下去，不是連妳的心意都無法傳達出去嗎！」

響明白那是多麼令人難過的一件事。

無法傳達出去，懸而未決的戀慕之情，有時甚至會轉變成明顯的復仇之心。

因為自己曾經歷過，所以十分了解。

「至少、至少必須讓對方知道妳全部的心意才行——否則，我敢說妳一定會後悔莫及。」

「讓對方……知道全部的心意……」

響緊握住銃之崎的雙手，硬是將她拉起來。

「明天！傍晚時！告白吧！」

「告白！」

「我的直覺告訴我，她所剩的時間大概不到兩天了……所以，一起奮戰吧。沒錯，這是戰鬥。妳要跟緋王院華羽小姐約會，給予她生存的意義！」

「我、我……跟她約會……嗚、嗚嗚……我沒有、沒有自信……」

「別擔心，把一半的戀愛變成百分之百的戀愛吧！」

不過，華羽另一半的愛情究竟是獻給了誰呢？

與華羽相關的人物，銃之崎也只知道她的妹妹瑞葉和佐賀繰唯而已。

親妹妹瑞葉與機關人偶佐賀繰唯，兩人作為華羽的戀愛對象有些令人存疑。

那麼，會是誰呢？

「會不會是……某個支配者呢……？」

「不，我覺得……不可能。開完領域會議後，她總是精疲力盡……聽說心靈方面也很疲憊。再說，要是她跟其他支配者交情很好，早就傳出流言了。」

「說的也是。」

「所以，不知道她把剩下那一半的心給了誰……華羽兒竟然有我不知道的一面～～……」

「不過，妳無疑占了一半的分量。同分排名也是冠軍，所以……只能硬著頭皮上了！」

「……只能硬著頭皮上了。」

銃之崎臉上浮現羞恥、苦惱等五味雜陳的表情，不久後切換成暗暗下定決心的表情，然後輕聲宣言：

「我知道了，上吧。」

「好耶，就這麼行動吧！」

銃之崎與響各伸出一隻手，緊緊交握。彼此的目光終於點燃了希望。

華羽另一半的心。

她愛慕的究竟是誰，銃之崎隱約有所察覺。

那大概是自己絕對敵不過的對象吧。

○最後之舞

——風和日麗的春天。

——蕭瑟寂寥的秋天。

——哀慟愁苦的冬天。

——如今則是光輝燦爛的夏天。

「我們來約會吧！」

聽見銃之崎的宣言，華羽不斷眨著眼睛。

「約會嗎？」

「嗯，不行嗎？討厭嗎？」

「……可以，也不討厭。這樣啊，約會……約會啊……」

華羽用雙手按住羞紅的臉頰，一臉難為情的樣子。

「什麼嘛、什麼嘛，真是開心哩。好啊，來約會唄。」

「嗯！」

狂三用手肘撞了撞響。

「是妳出的主意吧？」

「沒錯，這法子肯定行得通！」

狂三放棄反駁。她認為這麼做是必要的。

「話說，小烈。」

「嗯？」

「妳說約會，是要做什麼？」

「……………」

銃之崎滿頭大汗，滴滴答答流個不停。

「妳該不會完全沒規劃唄？」

面對華羽的指摘，銃之崎立刻哭了出來。華羽嘆了一口氣，用手帕擦拭銃之崎眼角的淚水。

「好了好了，難得要約會，怎麼哭得這麼淒慘。在約會前先改造靈裝，改成適合去約會的服裝。我會改造，倒是妳有辦法改變靈裝的外觀嗎？」

「啊，嗯，應該可以。」

「我也會好好打扮一番，等我一下哩～」

噠、噠──華羽踏著輕盈的步伐到隔壁房間，一把關上拉門。

「哎呀、哎呀，華羽小姐心情非常雀躍呢……響，關於銃之崎小姐的靈裝，設計方面由妳們兩個人一起想比較好。」

「狂三妳呢？」

「我來設計華羽小姐的靈裝～～不過，即使有我在，可能也幫不上什麼忙就是了。」

狂三如此告知後便走向華羽的房間。留在原地的響和銃之崎彼此點點頭。

「好！」「開工吧！」

要設計出漂亮的服裝，讓絆王院華羽眼睛一亮──！

◇

「……那邊似乎是這麼想的，請發表妳的感言。」

「怎怎怎怎麼辦？我幾乎只有這一件衣服，還有睡覺時穿的睡衣而已。」

華羽一副快哭出來的模樣，剛才從容不迫的態度已不復見。

「我對服裝的造型也沒什麼自信呢……」

即使如此，畢竟是當過S級偶像的，要提出適合她的服裝這種小事倒是綽綽有餘。

「絕對是白色洋裝搭配草帽這個打扮最適合。」

「那樣未免太老套了唄！這是怎樣，我是夏天的幻影嗎？」

「咦，果然太老套了嗎？可是我平常都穿赤黑基調的衣服，很憧憬那種感覺的衣服呢……」

「又不是妳要穿！穿的人是我好嗎～～！」

「不過就算這樣，我還是建議穿洋裝。跟平常反差很大，銃之崎小姐應該也會大吃一驚。」

原本手忙腳亂的華羽突然停止動作。

「……她會嚇一跳嗎？這樣不錯哩。」

華羽嗤嗤輕笑。

「嗯。讓小烈大吃一驚唄！」

就這樣，約會的時間來臨了。

「妳那邊準備好了嗎？」

「準備好了，隨時放馬過來吧！」

「好的、好的。我們也準備好了。那麼，我要打開拉門嘍。」

「好的。一、二、三！」

狂三和響同時打開拉門。華羽雖然不是穿著白色洋裝，但身穿白色無袖襯衫搭配膝上短褲。

不同於平常穿的和服，膝蓋以下和雙臂都露了出來，十分清涼，令她感到不自在。但因為本人五官的關係，穿起來十分優雅。

狂三和華羽自信滿滿地打算挺起胸膛時——看見銃之崎的打扮後，僵在原地。

銃之崎烈美穿的是浴衣，平常隨意綁起的頭髮整齊地盤起，戴上髮飾。姿勢和叛亂軍時期激勵軍心時絲毫未改，身子挺得筆直。

狂三坦率地讚嘆：「真漂亮。」

「怎、怎麼樣……？」

「……嗯，嗯嗯！很適合妳喲。」

聽見這句話，銃之崎表情也瞬間明亮起來。

「謝謝稱讚。那麼，呃……我們要去哪裡？」

「在這附近散步就好了唄？感覺也不能像穿泳裝那樣喧鬧，悠閒地散步搞不好意外地挺開心的喲。」

「那就去散步吧。」

「我們走唄，小烈。」

「嗯！」

兩人不約而同地牽起對方的手。「我們走嘍～～」兩名少女對狂三和響如此說完便出發了。

留下來的兩人——狂三一臉懊悔，而響則是一副洋洋得意的樣子。

「真是出乎意料呀，竟然會穿浴衣。」

「哼哼～～是我軍的勝利！……話說，這場約會應該能阻止華羽小姐變成空無……吧？」

面對響的提問，狂三一語不發地搖搖頭。

「為什麼？戀愛是很強烈的情感，如果華羽小姐真的在戀愛——」

「……響，妳知道華羽小姐愛上的另一個人是誰嗎？」

「咦，呃，我不知道。可是……我想應該是『這個鄰界』之類的說法吧？」

愛上這個奇蹟般的世界。

覺得世界很珍貴，很可愛。但是，世界不會回應她的感情——

「哎呀，如果是這種溫暖的對象，我也樂得想辦法幫助她，搞不好還能解決她的問題。」

「……不是嗎？」

「……不是、不是。很可悲，妳猜錯了。我也認為如果是這樣就好了。」

可是，響一點頭緒都沒有。

絆王院華羽戀慕的對象，周圍和支配者當中都——

……不，等一下。

「倒是有一個」。

「難不成……」

響一臉驚恐，望向狂三——狂三尷尬地移開目光。

「束手無策了嗎？」

面對響的訴說，狂三默默地舉起〈刻刻帝〉。

「我們能做的，頂多……頂多只有讓她們安靜地告別。」

狂三說完，確認已看不見兩人後，扣下扳機。於是，森林深處突然冒出空無的身影瞪視狂三等人。

「響，監視她們。」「了解。」

感覺到絆王院華羽末了之時已來臨的空無們聚集在一起。

狂三完全沒有發出警告和忠告便發射〈刻刻帝〉。她們聚集在此地時，早已罪孽深重。當她們試圖拉攏華羽為夥伴時，就已是時崎狂三的敵人。

考慮到那兩人接下來要進行的事有多麼值得尊敬。

絕不能讓空無們露出恍惚的笑容來打擾她們。

「我絕對不會讓妳們礙事的——〈刻刻帝〉！」

「我當然也要加入。防礙別人戀愛之輩，就算再怎麼哭喊求饒，也一定要開槍射擊。」

不只狂三，連岩薔薇也一起加入，開始槍擊。像樣的抵抗只存在於最初時刻，之後只剩迅速

的蹂躪。存活下來的空無們極為自然地迎向毀滅。

◇

只是手牽手散步，內心深處便湧起火花四射的感覺。
這種感覺絕不壞。
因為火花四射完後，會在心中逐漸留下溫暖。
華羽對自己微笑，令人十分開心，所以自己拚命尋找話題。所幸兩人總有聊不完的話題。
畢竟長久以來，彼此累積了不少話題。支配者與對立的反叛者，立場天差地別，根本不可能對話。
這種日子持續了很久很久。
所以好比書籍、遊戲、朋友（其實算部下）發生過的有趣事件。
這種聊完就沒了的話題一直累積到了現在。
「……這算是戀愛嗎？」
銃之崎突然說出爆炸性的發言。不過，她的表情帶有幾分認真。
「我想跟妳再聊久一點，話題源源不絕，也想像這樣接觸妳。想和妳一起去海邊、一起玩、一起做許多事。」

銃之崎如此說道，目不轉睛地凝視著華羽。

「小烈，妳果然早就知道實情了哩。」

也對。華羽緩緩吐了一口氣。

「我當然知道啊。只要是妳的事，我什麼都知道……啊，不對，只有一件事我不知道。」

感覺提出這個問題便是離別的信號。

可是如果不問，也感覺無法繼續前進。

銃之崎希望得到令人會心一笑、無關緊要的答案。深呼吸。華羽寶石般的眼瞳目不轉睛地凝視著銃之崎。

「……妳愛的另一個人，是誰？」

華羽的身體微微動了一下。

「是怎樣的準精靈？應該不是……支配者吧。那我就不知道了。如果那一半是討厭我，不喜歡我，我還能理解。雖然令人傷心就是了。」

不是的，一定不是。

如果真是這樣，她肯定會羞紅著臉，難為情但依然對自己訴說情話。

然而，她臉上浮現的卻是死心斷念的表情。

所以她愛上的對象，「是連說出口都有所顧忌的人」。

「我啊——」

「嗯。」

「『情非得已愛上了』白女王。」

華羽的眼眶流下一道淚水。

剎那間，銃之崎想起一則傳遍所有領域的傳言。

發誓效忠白女王的空無們以狂熱的信仰侍奉她。

聽說那是——類似某種洗腦能力吧。而且那只對空無有效，所以只要不變成空無，就不必擔心。不過——

「情非得已……是什麼意思？」

「我曾經與白女王交手過。我想……大概交手過吧。」

華羽是戰鬥型準精靈，應該跟其他領域的支配者一起與白女王展開過一場激烈的戰爭。但她卻怎麼都記不起戰鬥時的記憶和那群並肩作戰者的樣貌。

「幾乎都是初次見面的人呢」。

原來那句話不是對篝卦葉羅嘉，也不是對自己和其他支配者說的。

「當時，我……大概是受到攻擊，因此感染了『戀慕之情』。」

「戀慕之情……」

空無們愛上了白女王，而且不只是單純的愛慕。

而是賭上性命，義無反顧的愛情。

……不過，那股力量比想像中還要威力強大、凶殘、熱情又絕望。對白女王而言，戀慕之情是病毒，也是「武器」。

侵入、進犯、霸占、破壞。

「『只剩一半』。我真的很喜歡小烈。然而，愛戀之心卻只剩下一半了。」

「華羽兒……」

銃之崎想奔向她的身邊，卻動彈不得。

別放棄、加油、別認輸——她討厭自己只能想出這種平凡無奇的話。

想必華羽早已竭盡全力實踐過這些事，但依然無法阻止空無化——

「所以，無可奈何。我們就此道別唄。」

「華羽……！」

不可以。自己還有事想讓她知道。

可是，言語不足以表達自己的心意。即使再三吶喊有多麼喜歡她，也無法百分之百傳達到她的心裡。即使說一百次同樣的話，扯開喉嚨大叫，也無法徹底傳達自己的心意。

「……嗯，看來是差不多了。暑假也到此為止了。」

——感覺就像繩索逐漸鬆開一樣。

通常變成空無的人記憶、思考、驕傲，甚至連本能都會變得空白，然後消逝。

而白女王會乘虛而入，宛如填補空白般埋入對白女王的戀慕之心。這股愛慕之情會因各個準精靈的性質不同而轉化形態——大多會轉變成崇拜、狂熱的信仰這類的感情。

華羽撐過來了。

強硬地保持住自我，一直撐到這一瞬間。

「因為如果可以，我想在最後跟小烈妳單獨相處。」

「為什麼是我？妳、妳不是還有瑞葉、夥伴，那麼多人可以選嗎！」

「嗯。瑞葉很重要，我很重視她。而且她當上了第九領域的支配者，萬一傷害到她就糟了。這是出於我身為家人對她的關愛。」

「……那麼，為什麼……和我一起來這裡？」

華羽一臉歉疚，無力地笑道：

「是我的私心。『即使會害妳受傷，也想和妳在一起』。」

華羽很害怕。萬一自己對白女王的愛慕之情勝過喜愛銃之崎烈美的心情，自己很可能會傷害銃之崎。

「啊……」

不過，一半的愛情戰勝了。

華羽確實戰勝了白女王。

「抱歉啊，真的很抱歉。對不起。讓妳看見我這淒慘的模樣，還像這樣哭得不像話。可是，即使如此，我——」

還是想和妳在一起。

想和妳度過這個夏天。

我們彼此交戰，一起享受、玩耍，共同度過了這個夏天。

「我也是！」

銃之崎不服輸地大叫。她下定決心。所謂的戀愛，就是既傷人又受傷的感情。

「我完全不想在這裡和妳分開。我既不甘又心酸，想為妳盡一份心力。可是，我一定無能為力吧？所以，華羽兒，我要告訴妳！」

「嗯。」

而戀愛最重要的在於不怕傷人和受傷。

銃之崎絲毫不遮掩自己溢出的淚水。華羽也一樣。

哭泣，再哭泣，面對絕望，最後還是走到了這個結局。

「我最喜歡妳了。」「我也是。」
「喜歡到難以言喻的地步。」「我喜歡妳。」
「不過——」「所以——」

華羽在最後的最後，滿懷著全部的愛。
銃之崎在最後的最後，將難以名狀的感情訴諸於淚水。

「再見了，華羽兒。」
「再見了，小烈。」

奇蹟般的相遇，奇蹟般地告終。
「啊啊——」
絆王院華羽在橙色的夕陽餘暉下，隨著金色光芒消逝在空氣中。
銃之崎烈美伸出手，實際感受剛才還存在的少女已經消失的事實。
這就是死亡。

說得再怎麼好聽，這就是死亡，喪失。

「華羽、華羽、華羽——！」

還想跟她多玩一會兒，還想跟她多聊一下，還想跟她相處更久一些。

自己本以為那些戰爭遊戲會永遠持續下去。

銃之崎承受著排山倒海般湧來的後悔，按住胸口站起身來。儘管淚流不止，她還是轉身邁開步伐。

……眼前所見的是兩名過客，時崎狂三與緋衣響。

「我一個人獨占了華羽。」

「……是啊。」

華羽該道別的人肯定還有很多。曾為同伴的準精靈，以及她的親妹妹絆王院瑞葉。

可是，華羽拋下了身為支配者的權勢，選擇與所愛之人相伴。

銃之崎對此開心得無以復加。

響為這淒絕的選擇流下淚水，心想自己是否也能做出這樣的選擇。

狂三對華羽的離別，則是深信「自己應該也曾做出同樣的選擇」。

所謂的為愛痴狂，便是如此。

所謂的為愛殉身，便是如此。

「再見了，為愛活過之人。」

時崎狂三摸著哭泣的響的頭，對華羽道別。緊接著，以冷若冰霜的嗓音輕聲說：

「白女王，包括華羽小姐的遺憾在內，我下次將一併奉還。並且把妳灌輸愛慕之情的所有人『全部殺掉』。這樣才能令她們安息，以慰她們在天之靈。我如此深信不移。」

〇終幕

銃之崎烈美成為支配者後決定的第一件事，就是召集這個第八領域的所有準精靈到沙灘上，獨自站上舞臺，宣布華羽死亡的消息。

「我在此宣布，絆王院華羽已經逝世！」

她在喧嚷騷動的準精靈面前，一滴眼淚都沒流——才怪，而是哭得淅瀝嘩啦。

然後毫無保留地將所有來龍去脈交待得一清二楚，包括她們兩人曾是摯友等一切的一切。

喧囂聲立刻停止，取而代之的是啜泣聲和嗚咽聲。

「我想華羽應該非常不希望我說出來。但是我初嚐戀愛的滋味，得知何謂私心，與那傢伙好好道別了！我很難過、很懊悔，後悔自己沒有幫上任何忙！」

銃之崎緊握住麥克風。

「可是！我不會因此意志消沉！我會暫時哭一陣子，但絕不會原地踏步！我！會永遠挺起胸膛，自信滿滿地宣告自己最喜歡絆王院華羽了！而且！絕對會守護這個她最重視的第八領域！所以！所以……」

銃之崎深呼吸，然後以支配者的身分扯開嗓子大聲說：

「請跟隨我。這個第八領域，依然會持續健全的爭鬥。不互相憎恨，不相互廝殺，不感到悲傷，成為一個快樂的領域……！」

沒有回應。

不過，站在臺上的銃之崎能清楚看見她們的臉龐。

有人在哭，但已經不見有人蹲坐在地。每個人都流著淚，以充滿決心的表情凝視著銃之崎。

沒錯。不能只靠她們跟隨自己，自己才必須追隨她們。她可不想再嚐到被扔下的滋味了。

「我也會跟隨妳們。全力衝刺！」

銃之崎挺直背脊，朝她們敬禮。

不久，一人、兩人，過去是敵是友之人，以及在場所有人都陸陸續續挺直背脊——

「……謝謝大家。真的非常感謝各位。」

銃之崎接受全體人員的敬禮，閉上雙眼。

拂過沙灘的風變得有些涼爽。少女們這才終於實際感受到。

絆王院華羽的夏天，已經結束。

◇

——第三領域，王座之殿。

「——哎呀，這真是。絆王院華羽忍受、抵抗到最後，終於消逝了嗎？那可真是可憐呀。」

謹慎地聆聽白女王說話的有三人。

ROOK、KNIGHT、BISHOP——三枚白色西洋棋曲膝跪在女王的面前。

「第八領域該如何處理？那裡的空無似乎都被時崎狂三殺掉了。暫時是難以打開第八領域的門了。」

聽完ROOK說的話，白女王一臉厭煩地回答：

「沒辦法，先置之不理吧。目前攻占第六領域比較重要。只要攻下這裡，第五領域便孤立無援。我『不善戰鬥』，暫時就交給妳們吧。」

「是！另外，關於第七領域——」

「啊啊……」

白女王放低聲調，明顯表現出不悅。

「我是很想先毀滅第七領域，不過沒辦法那麼做。『LINE』……那個佐賀繰由梨很可能知道些什麼。」

「您的意思是……」

「沒錯，即使是拷問也要讓她把情報招出來，手段由妳們自己決定。」
通往目的地之門開啟，三人消失在門後。
揮揮手目送三人離去的白女王發出「嗯～～」的一聲伸了懶腰。
「讓支配者感染愛慕之情，這個點子非常棒呢。不過，早已心有所屬的情況倒是出乎意料呢，『我』。」
白女王將視線移向空無一物的空間，彷彿那裡有人似的，開始對那邊說話。
「為愛痴狂，為愛奉獻一切。多麼美妙的事情呀。啊啊，啊啊！『我們』也早點、早點讓戀情實現吧……！」
一片寂靜。白女王在王座之殿中獨自捧著臉頰，一臉害羞的神情。
那副模樣就宛如「真的陷入情網一樣」。

◇

響在連接第八領域與第七領域的通行門。狂三似乎正在和前來送行的銃之崎談話。
『怎麼了是也？』
黑桃A出聲攀談。

「嗯。我想起了華羽小姐。」

『啊啊……』

「為愛犧牲生命，用言語表達倒是說得輕鬆。可是，真的捨棄生命之人何止甘願自己受傷，甚至不惜『傷害對方』。」

這絕對不是應該讚揚的事吧。

不惜傷害對方，也要以自己的私心為優先。那不過是——所謂的任性罷了。

可是，她卻決定任性到底，哭著渴求希望能與她一起相伴到最後。

響心想：

自己能否做到那種地步？還是會因為喜歡而選擇不讓對方傷心？自己不知道答案。

她不知道——旅行的終點，等待自己的會是什麼樣的結局。

「……話說，黑桃A妳打算怎麼辦？」

『直接跟妳們走也未嘗不可是也，無奈第八領域尚處於混亂狀態。我打算等這裡穩定下來後，請求銃之崎大人的許可，再踏上旅途是也。』

「這幾天妳也改變了不少呢。妳一開始還說自己這些撲克牌只會做出機械式的反應呢。」

『……的確如此是也。大概是跟狂三大人和響大人妳們待久了的關係，妳們兩人的「靈力和資訊量太多了」。我對我的主人依然忠誠不變，不過——』

黑桃A突然伸出她扁平的手。

響心驚膽顫地與她握手。

『在下會變成如今這樣，無疑是多虧了兩位的幫助。謝謝妳們。』

「我才要感謝妳，幫了我許多忙……話說，凱若特小姐到底跑到哪裡去了？之後便再也沒有出現在狂三面前。」

『在下猜想，應該是偷偷前往第七領域了吧是也。』

「咦，為什麼？」

『狂三大人接下來要前往的就是第七領域吧。那就趁機先建造好據點以求讚揚……感覺是這樣是也。第八領域雖然和平，但第七領域又有另一番可怕之處是也。』

「……另一番可怕之處啊。我都是跳過第七領域，直接前往第六領域。那裡是個什麼樣的地方呢？」

『總歸一句話——就是伏魔殿這類的地方吧是也。』

「嗯～～不懂。」

『在下把所知的領域概略都寫在這裡了是也。』

「喔喔，感謝！」

『想必我們總有一天會再相逢的。那麼，後會有期！是也。』

「好的，黑桃A妳也好好保重！」

「……事情就是這樣，畢竟姑且有華羽的介紹信，應該不會在第七領域被為難……我猜。」

狂三接過銃之崎遞給她的信，問道：

「這個領域沒問題吧？」

「若問我有沒有問題，當然是有問題啊。不過，我們決定以全體存活為目標。打倒白女王。所以我們要為此努力訓練，戰鬥，競爭，變強，強過第十領域和第五領域！」

不只銃之崎，第八領域的所有準精靈都為了替華羽報仇，燃起對白女王的復仇火焰。

白女王和她的部下們目前應該是無機可乘了吧。

「所以，如果妳要和白女王開戰，一定要聯絡我！」

「……好的、好的。一言為定。」

恐怕不可能與白女王一對一交戰。有無數的空無跟隨著她，與她交戰時勢必會礙事。

不過，倘若自己也有許多同伴。

應該能發展到接近一對一的狀況。

……老實說，白女王十分強大。不過，與她交手過兩次後，狂三體認到她並非打不倒的絕望般的存在。

「——我一定要……」

殺了白女王。不，是必須殺了她。狂三要親手解決那個反轉體——

「……怎麼了，時崎狂三？」

「不，沒什麼。那個時刻來臨時，我會聯絡妳的。」

她憎恨白女王，認為必須殺了她。從初次見面開始，狂三就一直這麼想。

……不過——

除了她原本的這些念頭，因為華羽的事，她對白女王又多了一件好奇的事。

白女王使人為愛痴狂的能力。

她是怎麼想到這個點子的？只是單純的心血來潮嗎？或只是判斷會對增加同伴有效果？

抑或是——「因為愛上了某人才想到的」？

越想，內心點燃的憎惡火焰就越是燒得猛烈。

假如，假如那種惡毒、低俗、差勁到了極點的能力是由「我們」衍生出來的。

自己勢必會不留一絲殘骸，甚至不讓其烙印在歷史和記憶——

將她從這個世界上抹消————！

炎熱的夏末

夏末時分，總是令人莫名湧起一股鄉愁。無論哪一個國家，似乎都擁有相同的情況，像是美國和法國，也有許多描寫夏末的作品。

我們日本描寫夏天、夏末的作品也不勝枚舉，大概是學生有長達一個月暑假的這個要素占了極大的原因吧。

沒錯，比方說「最近」的作品就有《Air》（２０００年）……那是十八年前的作品了啊……

總之對學生來說，夏末的來臨同時代表暑假的結束，也意味著一個故事的完結之時。

當然，若說到是否真的「有發生什麼故事」，那倒未必。恐怕對大部分的人來說，只是度過了一個平凡無奇的夏天吧（我自己也是這樣）。

從小學生到國中生，從國中生到高中生、大學生，然後變成大人，對大多數的人來說，暑假終究只是「什麼事都沒發生」的暑假。

不過即使如此，還是能觸碰到夏日幻想的一鱗半爪。比如說，短暫的愛情、壓得令人喘不過氣的友情，或是神祕的冒險……

所謂的暑假，或許就是帶來這種共同幻想的時間吧。

這次的《約會大作戰DATE A BULLET》就是以這樣的夏末為主題。蟬鳴止息時，她們的故事也迎來結局……因此本集的狂三是輔助故事進行的一個重要角色，主角可說是兩名準精靈。

同時也描繪了在鄰界中的死亡與消滅。

在這個如天堂般的場所，總有一天也必定會迎來終結。時崎狂三也一樣。

她歷經漫長的旅途，抵達第一領域時，就代表旅行的結束吧。

那麼，若提到這次唯一的後悔，就是沒讓鯊魚登場。設定上沒辦法讓鯊魚出現……不對，我應該想盡辦法讓牠登場的……你喜歡鯊魚片嗎，喬治？

接下來，一如往常地來致謝。橘老師、NOCO老師、責編，每次都非常感謝你們。然後，感覺我每次都在拖稿。

下一集是第七領域，機關女忍者佐賀繰唯的故鄉。時崎狂三和緋衣響將在疑神疑鬼與充滿機關的王國中挑戰強敵──！……我在想，如果能讓各位感受到這種感覺就好了。請多指教。

讀完這本書的讀者，也請小心不要中暑了……！

東出　祐一郎

約會大作戰DATE A LIVE 安可短篇集 1~7 待續

Kadokawa Fantastic Novels

作者：橘公司　插畫：つなこ

約會忙翻天！精靈們將展現女孩的那一面！
開始只屬於少女們的日常生活吧。

六喰將與十香展開大胃王對決？四糸乃和七罪要到中學體驗入學？狂三四天王為了情人節巧克力造反？耶俱矢與夕弦決定交換身分度過一天？為了可愛的少女，美九、二亞與折紙成為怪盜？而小珠老師則是去參加相親聯誼活動，終於在會場遇見了真命天子？

各 **NT$200~250/HK$60~82**

©Koushi Tachibana, Tsunako 2015

約會大作戰DATE A LIVE 官方極祕解說集

Kadokawa Comics Illustration

編輯：Fantasia文庫編輯部　原作：橘公司　插畫：つなこ

《約會大作戰》官方解說集登場！
各式檔案＆新故事＆創作祕辛滿載！

精靈們的能力值和天使設定，還有揭發少女祕密的隱私情報即將公開。徹底介紹登場角色，甚至是只有在短篇裡登場的人物！還有橘公司×つなこ對談等創作祕辛，更完整收錄第０集小故事等難以入手的三篇短篇，以及在本書才看得到的新創作小說！

Kadokawa Comics Illustration

台灣角川

NT$230/HK$70

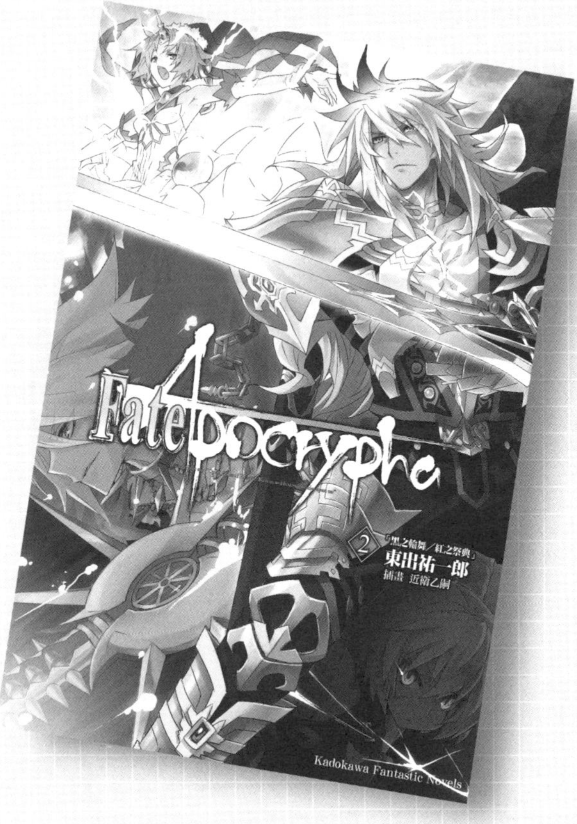

Fate/Apocrypha 1~2 待續

Kadokawa Fantastic Novels

作者：東出祐一郎　插畫：近衛乙嗣

「黑」與「紅」展開慘烈的戰爭，
裁決者貞德也為了某個目的馳騁於沙場！

黑方劍兵消失的打擊還未恢復，千界樹陣營就要進入下一階段作戰。「紅」陣營利用刺客的驚天動地寶具「虛榮的空中花園」，自空中發動奇襲。言峰四郎不僅指揮弓兵、槍兵、騎兵、術士，甚至親自上戰場。而在命運層疊之下，「屠龍者」回歸戰場。

各 **NT$250~300/HK$75~90**

幻獸調查員 1 待續

Kadokawa Fantastic Novels

作者：綾里惠史　插畫：lack

少女懷著「人類與幻獸共存」的夢想，
與蝙蝠、兔頭紳士一起展開旅程——

襲擊村莊卻不取人性命的飛龍用意為何？老人莫名陷入的貓妖精的審判將如何收場？村莊中獵捕少女的野獸又是何種怪物？擁有獨特的生態與超自然力量的生物——幻獸。國家設立了負責調查幻獸，有時予以驅除的專家機構。這是殘酷又溫柔的幻想幻獸故事。

NT$200/HK$60

交叉連結 1 待續

Kadokawa Fantastic Novels

作者：久追遥希　插畫：konomi（きのこのみ）

從「交換身體」起步的超正統遊戲小說——
第13屆MF文庫J新人賞佳作！

曾通關「傳說中的地下遊戲」的少年垂水夕凪，被迫參加「一百名玩家獵殺『公主』」的地下遊戲——並與「公主」電腦神姬春風互換了身體。夕凪得知「公主」死亡等同於春風死亡後，為顛覆「已注定的敗北」，他決定挑戰不得犯下任何失誤的極致通關法！

NT$220/HK$68

刺客守則 1~6 待續

Kadokawa Fantastic Novels

作者：天城ケイ　插畫：ニノモトニノ

前所未有的危機正逼近弗蘭德爾。
立於身分階級頂點之人齊聚一堂挑戰最艱難任務——

庫法與三大公爵家的當家和千金來到海邊。前方即為夜界，而眾公爵的目的地，其實是為阻擋來自夜界侵略所設置的「城堡」。奪回目前遭某人占據的城堡——在這項任務的背後，梅莉達與庫法還得向繆爾和塞爾裘質問關於「革新派」的事……

各 **NT$220~250/HK$68~82**

國家圖書館出版品預行編目資料

約會大作戰DATE A BULLET赤黑新章 / 東出祐一郎作 ; Q太郎譯. -- 初版. -- 臺北市 : 臺灣角川, 2019.03-
冊 ; 公分
譯自 : デート・ア・バレット : デート・ア・ライブ フラグメント
ISBN 978-957-564-817-6(第4冊 : 平裝)

861.57 108000479

Kadokawa Fantastic Novels

約會大作戰DATE A BULLET 赤黑新章 4

（原著名：デート・ア・ライブ フラグメント　デート・ア・バレット 4）

２０１９年３月27日　初版第１刷發行
２０２０年９月15日　初版第３刷發行

作　　者：東出祐一郎
原案・監修：橘公司
插　　畫：ＮＯＣＯ
譯　　者：Ｑ太郎

發 行 人：岩崎剛人
總 編 輯：蔡佩芬
編　　輯：孫千棻
美術設計：吳佳昫
印　　務：李明修（主任）、張加恩（主任）、張凱棋

發 行 所：台灣角川股份有限公司
地　　址：１０５台北市光復北路11巷44號５樓
電　　話：（02）2747-2433
傳　　真：（02）2747-2558
網　　址：http://www.kadokawa.com.tw
劃撥帳戶：台灣角川股份有限公司
劃撥帳號：19487412
法律顧問：有澤法律事務所
製　　版：巨茂科技印刷有限公司
ＩＳＢＮ：978-957-564-817-6